**Die Tage in Greetsiel
oder
SommerWein**

Marlis E. Hornig

Die Tage in Greetsiel oder SommerWein

Ein Nordsee-Roman

Namen, Personen und Handlung sind frei erfunden. Greetsiel, das malerische Fischer- und Künstlerdorf, und die Nordseeinseln gibt es wirklich.

*Bibliografische Information der Deutschen Nationalbibliothek:
Die Deutsche Nationalbibliothek verzeichnet diese Publikation in der Deutschen Nationalbibliografie; detaillierte bibliografische Daten sind im Internet über http://dnb.dnb.de abrufbar.*

© 2017 Marlis E. Hornig
Fotos: Marlis E. und Kalle Hornig

Weitere Fotos und Infos:
www.skipperasterix.beepworld.de
Autorenwebseite:
www.marlishornig.beepworld.de

Herstellung und Verlag: BoD – Books on Demand, Norderstedt

*ISBN: 978-3-**8423-67265***

Für meine Familie

Ich weiß nicht,
wie lange ich am Hafen
gesessen und geträumt habe.
Ich weiß nur, dass es einen Ort
gibt, an den ich immer wieder
gerne zurückkehre.

Mitwirkende:

DIE FRAUEN:

Felicitas Wolf:	Journalistin, verheiratet, auf der Suche nach einem Traum
Julie:	Tochter von Felicitas, 24 Jahre jung, Studentin
Marietta Herbst:	Ehemalige Kollegin von Felicitas
Sophie Sommer:	Freundin von Marietta

DIE MÄNNER:

Alessandro Parole:	Junggeselle, im besten Mannesalter, Fotograf
Henrik:	Junger Mann, Noch Weltenbummler
Mats Johansen:	Felicitas' Mann, Kann sich nicht entscheiden
Ein Schäfer:	Philosoph, ohne Alter
Robin Schäfer:	Junger Schäfer
Erik Hansen:	Mariettas Mann
Ole Winter:	Sophies Traum-Mann

DIE KINDER: Claire Sophie und Erik Ole

DIE TIERE:

Felix:	Felicitas' Parson Russell Terrier
Ariana:	genannt Jani, Sophies Parson Russell
Ophelia:	Ein Pferd
Schafe	

Kapitel I
Am Strand des Lebens

Das Meer ist wie das Leben.
Ein Wellengang:
Mal wild und stürmisch,
mal ruhig und sanft —
immer spannend und aufregend
und weit, unendlich weit...☼
Marlis E. Hornig

Romeo und Julia

An einem kleinen Hafen in einem Fischerdorf irgendwo am Mittelmeer saß Felicitas mit ihrer Freundin Franziska. Beide Freundinnen schauten aufs Wasser und träumten...
Sie waren in diesen wunderschönen Küstenort gereist, um ihren Berufsalltag in dem etwas verstaubten Büro in einem großen Gebäude am Rhein zu vergessen. Eigentlich wollte Franziska einen netten Italiener kennen lernen. Vielleicht so einen wie Adriano Celentano. Sein Lied „Una festa sui prati" gefiel ihr so sehr, dass sie eines Tages sagte: „Ich fahre nach Italien und suche mir so einen Mann wie Adriano Celentano! Denn einen Bürohengst möchte ich nicht heiraten!"
„Da komme ich mit!", meinte Felicitas spontan.

Und nun saßen sie hier am Meer, mit ihrem Strickzeug gewappnet, und waren gespannt auf das Leben. Franziska hatte ihr blondes Haar zu einem Pferdeschwanz zusammen gebunden; Felicitas trug ihr langes dunkelblondes Haar offen. Beide hatten halbweite Röcke und rosa T-Shirts an. Das war im Jahr 1983.

Auf einmal schlenderten zwei coole junge Männer vorbei und schauten sich um. Dann blieben sie stehen, gingen 3 oder 4 Schritte zurück und sprachen die beiden jungen Frauen frech an:
„Tedesca? – Inglesa? - Svedesa?"
So begann ein prickelnder Flirt damals in den 80er Jahren.
Franziska verliebte sich in Francesco, der mit seinem schwarzen Haarschopf, den dunkelbraunen Augen und der römischen Nase sehr süditalienisch aussah, und Felicitas in Alessandro, ihren Romeo mit mittelbraunem Haar, blaugrünen Augen und einer schönen klassischen Nase.

Das waren herrliche Tage am Meer, und die beiden jungen Frauen vergaßen ihren Büroalltag. Endlose Spaziergänge, endlose Gespräche am kleinen Hafen, italienische Feste mit den Freunden und Freundinnen der beiden Italian Lover. Spaghetti-Essen im Kreise der Familie. Bei leiser italienischer Musik von Abano und Romina Power „Felicitá" und… Und es gab *Sommerwein*! Dieser Wein mundete wie Kirschen und Brombeeren zugleich. Und fühlte sich an wie ein wilder Kuss mit einem unendlichen Versprechen! Mit seinem sanften Bouquet verführte er zum zweiten Glas. Felicitas schaute Alessandro tief in die Augen und fühlte sich im siebten Himmel!

Felicitas und Alessandro verliebten sich von Tag zu Tag immer mehr ineinander. Zärtliche Stunden – leidenschaftliche Küsse.
Er war erst 17 Jahre und sie war 27 Jahre alt. Doch das hatte keine Bedeutung. Fallen lassen, den Augenblick genießen. Alles schien so leicht in dieser Umgebung! Am blaugrünen Meer…

Dann kam der Tag des Abschieds. Am Ufer des Meeres saßen die beiden frisch Verliebten, schauten in die Ferne und träumten jeder auf seine Art…
Der junge Mann hatte einen letzten Wunsch:
„Solo una notte con te!" = „Nur eine Nacht mit dir!" Bei diesen Worten zauberte er eine Flasche *Sommerwein* und ein Rotweinglas hervor und flüsterte dabei: „Ti amo tanto! Ti desidero! = „Ich liebe dich! Ich begehre dich!". Erst am Strand, dann in einer kleinen Segeljacht, die dem Onkel des Liebhabers gehörte, verbrachte das etwas ungleiche Liebespaar voller Zärtlichkeit und Leidenschaft diese eine NACHT.

Jede Liebe ist anders.
Diese Liebe war etwas ganz Besonderes.
Am Strand lagen sie und liebten sich, das Meerwasser überspülte sie. Er spürte ihren ganz besonderen Duft. Duft von Bitter-Orange.
Wie **Romeo und Julia** konnten sie nicht zusammenkommen…

Ankommen — Wohlfühlen

Felicitas und Julie, die neuen Gäste aus Bonn, stürmen mit ihrem Hund Felix, einem wilden, verspielten Parson Russell Terrier, in ihre Ferienwohnung *Skipper Asterix* in Greetsiel. Julie, die junge aufgeweckte Studentin, schaut als erstes in die Küche und entdeckt sofort die schwarze Kaffeemaschine.

„Da mache ich uns erst mal einen Kaffee, und wir genießen das schöne Ambiente. Das rote Sofa finde ich einfach toll!"
Schnell stellt Felicitas Felix' Körbchen in die Ecke neben dem Sideboard, damit der kleine Racker gar nicht erst in Ermangelung eines eigenen Platzes in Versuchung kommt, das rote Sofa auszuprobieren. Mutter und Tochter freuen sich an dem Duft des Kaffees und sind gespannt auf die Tage im kleinen malerischen Fischerdorf!

Es ist Anfang September im Jahre 2014. Beide Frauen brauchen eine Auszeit vom Alltag. ‚Es sind nicht immer die großen Krisen, die es zu meistern gilt, nein es ist oft der Alltag, der Probleme schafft…', das denkt Felicitas so für sich.
Neugierig, wie Julie nun einmal ist, schaut sie sich zunächst im *„Skipper Asterix"* um. „Alles sieht so modern aus und ist total passend, liebevoll zusammengestellt und gepflegt. Selbst die langen Cappuccino-Löffel liegen ordentlich hintereinander!" – Das ist Julies Kommentar. Und dann schaut sie sich die beiden Schlafzimmer an und meint: „Ich schlafe unter dem Foto mit dem hellbraunen Fohlen, das auf einer saftig grünen Wiese sitzt!"

Auf einmal hört sie ziemlich laute Geräusche, die wohl von draußen kommen müssen… Wer oder was ist das wohl? Die Studentin schaut aus dem Fenster ihres Schlafzimmers und…

Gestrandet

Eigentlich wollten Alessandro und Henrik nach Irland segeln. Eigens dafür hatten sie sich dieses tolle rot angestrichene Segelboot mit dem zartblauen Segel von einem Tüftler anfertigen lassen. Sie sind in Bremen gestartet, über Emden gesegelt und landen nun an diesem Sonnentag im September in Greetsiel, ohne dass sie es wollen.

„Hier gibt es auch herrliche weite Wiesen und Schafherden! Fast wie in Irland. Sollen wir nicht bleiben?", meint Alessandro — vielleicht mit einer Vorahnung.
„Eine prima Idee! Ich bin dabei!", so die kurze Antwort von Henrik, der immer für etwas Neues offen ist. Die beiden Männer beschließen, ihr Segelboot in der kleinen Werft an der Einfahrt in den Greetsieler Hafen erst einmal überholen und prüfen zu lassen, bevor sie die große Fahrt übers Meer nach Irland starten. Das wird einige Tage dauern, wie der Werftmeister ihnen verkündet. Irgendwie haben die beiden das Gefühl, dass die Uhren in Ostfriesland nicht so schnell ticken wie anderswo in Deutschland. Doch das macht nichts! Wer weiß, welche Abenteuer die beiden hier erwarten?

Nun stehen sie mit ihren großen, dunkelblauen Seesäcken vor der Ferienwohnung mit dem spannenden Namen *Piratennest* und fühlen sich direkt selbst wie Piraten… Fragt sich nur, was sie erbeuten wollen. Alessandro erzählt alte Geschichten über Piraten — ausgedacht oder wahr — Seemannsgarn: das weiß man nicht. Auf jeden Fall sind die Erzählungen so lustig, dass beide Männer schallend lachen und allmählich immer lauter sprechen.
„Die Herren da draußen vor dem Haus sind aber laut!", äußert Felicitas etwas indigniert, weil sie wohl müde von der Zug- und

Busfahrt ist. Eigentlich will sie nichts hören und nichts sehen, sondern nur entspannen!

„"Solche aufdringlichen Typen können mir gestohlen bleiben!", sagt sie und verzieht sich in ihr Schlafzimmer. Dort befindet sich über dem großen Bett ein schönes Bild, das einen kleinen Hund am Strand der Nordsee zeigt. Der süße Hund muss wohl ein Parson Russell Terrier sein wie ihr Felix. Das passt!

Im anderen Schlafzimmer beginnt Julie ihren roten Koffer auszupacken und schaut dabei ständig aus dem Fenster in Richtung der beiden Piraten, die wohl auf die nette Hausdame warten, die auch zuvor den beiden Frauen die Ferienwohnung *Skipper Asterix* gezeigt und alles erklärt hat. Da kommt die Hausdame schon, und die beiden Herren folgen ihr holterdiepolter ins *Piratennest*. Während ihre Mutter das eher als störend empfindet, findet die Tochter das total lustig! ‚Hier scheint was los zu sein!', denkt sie so bei sich. Dabei hatte sie schon Angst, dass es in dem kleinen Fischerdorf zu langweilig sein wird.

Und es wird noch spannender. Der eine der beiden Herren, ein Georges Clooney-Typ, kommt aus der Tür der gegenüber liegenden Erdgeschosswohnung, mit einer Riesenkamera und einem Stativ gewappnet. Ist er ein Fotograf? Was will er wohl fotografieren? Georges Clooney baut sich gegenüber von der skandinavischen Häuserreihe, bestehend aus fünf rot-weißen Doppelhaushälften, auf und macht mehrere Aufnahmen. Im Vordergrund Zweige eines Baumes, welche das Bild wunderschön einrahmen. Julie beobachtet ihn aufmerksam! Sie ist gespannt auf die neuen Nachbarn!

Mit ihrem Temperament gelingt es ihr schließlich, ihre müde, faule Frau Mama zu überreden, den Abend in einem gemütlichen Restaurant namens *Festland*, direkt am Hafen gelegen, bei schmackhaften Pasta-Gerichten mit frisch angelandeten Krabben und Rotwein ausklingen zu lassen. Sie beschließen, sich das pittoreske Fischer- und Künstlerdorf morgen in Muße anzuschauen und an-

schließend auf dem Alten Deich in Richtung Pilsumer Leuchtturm spazieren zu gehen, soweit ihre Füße sie tragen und soweit Felix mitläuft.
Als die beiden Frauen und ihr Russell Felix nach dem letzten Gassigang auf dem Alten Deich wieder an ihrer Ferienwohnung ankommen, entdecken sie die beiden Herren von der Wohnung gegenüber, die auch gerade von ihrem Spaziergang zurückkehren.

Da plötzlich stutzt Felicitas, tritt vor Schreck drei Schritte zurück, wird rot auf den Wangen und stürzt in das Haus. „Uff!", flüstert sie.
Das ist die ÜBERRASCHUNG des Tages! — Katastrophe!

‚Da ist er wieder dieser prickelnde Augenblick wie damals, als wir in dem kleinen, italienischen Küstenort am Strand saßen und Sommerwein tranken. Es ist, als sei keine Zeit vergangen! Als sei die Zeit stehen geblieben. Mein Sommermädchen lächelt genauso wie damals! ♥' Das sind die ersten Gedanken des Mannes aus dem *Piratennest*, als er die Dame von gegenüber zum ersten Mal sieht.

Besuch im Fischerdorf Greetsiel

Am nächsten Tag schlendern Mutter und Tochter mit dem lebhaften Russell Felix gemütlich durch die Straßen und engen Gassen von Greetsiel. Sie sind begeistert. Die süßen Friesenhäuser und auch die anderen Häuschen, weiß und blau sowie rot-weiß, kleine Boutiquen und urige Restaurants lassen sie schnell das hektische Leben in Bonn vergessen. Wie ein Bilderbuchdorf! Sie werden noch einige Tage damit verbringen, jeden Winkel zu erkunden. Ihr Parson Russell Terrier zieht die beiden immer wieder zum Hafen. Warum wohl? Da an den Netzen der Krabbenkutter scheint sich

für Felix ein wahrer Hundenasentraum zu erfüllen. Duften die Netze der soeben angelandeten Kutter doch besonders nach frischen Krabben und gerade gefangenem Fisch, dem sogenannten Beifang.
Plötzlich kommen ihnen die beiden Bewohner des Piratennestes entgegen.

„Was führt euch hierher nach Greetsiel?", fragt Julie dreist und duzt die beiden ganz unkompliziert.
„Wir sind gleichsam in Greetsiel gestrandet!", entgegnet Henrik.
„Da hinten auf der kleinen Werft liegt unser Segelschiff zur Überholung. Das rote Boot ist eigentlich unser Zuhause für einige Wochen...!"
Traurig schaut Felicitas Alessandro in die Augen, so als wolle sie sagen: ‚Dann bleibt ihr ja nicht lange in Greetsiel'. Alessandro scheint darüber auch traurig zu sein. Hat er sie erkannt? Nach all den Jahren.
Die vier Menschen und der Hund gehen einen kleinen Weg hinauf auf den Alten Deich. Der Deich führt die kleine Gruppe mit Hund um eine Kurve nach links und dann eröffnet sich ihnen ein einmaliger Blick über eine weite Landschaft. Dahinten liegt irgendwo die Nordsee...

Felicitas' Gedanken schweifen zurück zu der Zeit damals in dem kleinen italienischen Hafen am Mittelmeer. Damals und heute ein Blick in die Weite. Warum ist alles so gekommen? Warum nicht anders? Wie wäre ihr Leben sonst verlaufen? Und dann gehen ihre Gedanken zurück an den Tag und die Nacht in Berlin im Jahre 1989...
Das war am 9. November 1989. —

Da auf einmal entdeckt Julie eine Herde grasender Schafe und dahinter den kleinen Leuchtturm, der rot-gelb angestrichen ist und oben ein grünes Rondell mit einer Turmspitze hat.

„Das ist sicher der Pilsumer Leuchtturm, der kleinste Leuchtturm der Krummhörn. So ein Bild mit dem kleinen dicken Turm und vielen Schafen davor habe ich irgendwo im Internet gefunden, und dann bekam ich Lust, den kleinsten Turm zu besichtigen", ruft Julie und steckt mit ihrer Fröhlichkeit die anderen an. Henrik gesellt sich zu ihr und dem lebhaften Felix, der im Gras rechts und links vom Weg auf dem Deich schnuppert und ab und zu nach anderen Hunden Ausschau hält. Und bisweilen eifrig bellt.

Felicitas und Alessandro bleiben zurück, schauen sich an und Alessandro lächelt ihr entgegen:

„Du siehst noch genauso aus wie damals am kleinen Hafen an der italienischen Blumenriviera. Und wie damals in jener Nacht am Strand!" —

„Du bist ein Charmeur, wie du es damals schon warst! Wie ist es dir inzwischen ergangen? Du wolltest doch nach dem Abitur Pilot werden?"

„Nein, das war nur ein Jugendtraum. Doch die Sehnsucht nach der Ferne blieb. Ich habe auf der Mailänder Universität Journalismus und Sprachen studiert. Auch Deutsch, weil ich durch dich meine Liebe zu dieser für einen Italiener schwierigen Sprache entdeckt habe! Und du, Fee? Bist du nach Frankreich gegangen?" —

„Nein, es kam alles anders, als geplant. Doch das ist eine andere Geschichte!", antwortet Felicitas, die sich tief im Innern freut, dass er sie wieder ‚Fee' nennt. Wie damals in dem romantischen Fischerdorf in Italien.

„Warum hast du dich nach unserem Sommer nicht mehr gemeldet?", wagt Alessandro die entscheidende Frage, die ihn schon seit Jahren quält. —

„Du hast dich ja auch nicht gemeldet!" —

„Doch, ich habe dir einen langen Brief geschrieben und nie eine Antwort bekommen…"

„Das kann nicht sein. Auf einen Brief habe ich dir geantwortet, doch danach habe ich nie mehr etwas von dir gehört. Ich hatte das

Gefühl, dass unsere Liebe für deine Eltern ein Problem war. Sie wollten sicher nicht, dass du dich so früh an eine Frau bindest und dann noch an eine ältere Frau."

Während dieses ernsten Gesprächs berühren sich beim Gehen ihre Hände ganz zufällig. Wie ein Blitzschlag durchzieht es Fees Körper. Und sie ist wieder so aufgewühlt wie seinerzeit als junge Frau am Strand. Das war vor 30 Jahren!
Da drehen sich Julie und Henrik zufällig um, vielleicht, um nach ihnen beiden zu schauen.
„Es ist besser, wenn die beiden jungen Leute nichts von uns merken", flüstert Felicitas und zieht ihre Hand aus der Hand Alessandros, die dieser vor einigen Minuten spontan ergriffen hatte.

Plötzlich entdeckt Julie eine Schafherde mit einem betagten Schäfer in der Mitte. Schnell gibt sie die Leine von Felix an Henrik weiter, läuft wie von einer Tarantel gestochen zu dem Schäfer mit dem langen Bart und spricht ihn unverfangen an:
„Ich mag Schafe. Kann ich Ihnen irgendwie helfen? Ich möchte gerne einen Einblick in Ihre Arbeit mit Schafen haben. Und ich bin gerne draußen in der Natur!" —
„Mädchen, komm morgen einmal vorbei. Dann sehen wir weiter…"
Hocherfreut läuft Julie wieder auf den Deich zurück zu den anderen.
„Was hast du vor? Was wolltest du bei den Schafen und dem Schäfer?", fragt Henrik. Julie entgegnet mit einem geheimnisvollen Blick:
„Das ist mein Geheimnis! Vielleicht erzähle ich dir das später einmal…Ich finde es wichtig, dass man im Leben nicht festgefahren ist, sondern vielmehr oft etwas Neues ausprobiert! Lebenslang lernen! Was meinst du?" —

„Das ist genau der Grund, warum wir nach Irland fahren wollen!" Nach diesem bedeutungsträchtigen Satz laufen die jungen Leute mit dem Russell zu den anderen zurück.

Als die vier wieder vor dem *Piratennest* und dem *Skipper Asterix* ankommen, macht Alessandro einen Vorschlag: „Ich möchte euch gerne heute zum Abendessen einladen, vielleicht in dem ansprechenden Restaurant mit den Korbstühlen draußen, das direkt am Hafen liegt. Habt ihr Lust mitzukommen? Heute Abend gegen 19.00 Uhr. Was meint ihr?" — „Du meinst das *Festland*!", stellt Felicitas fest und zeigt ihre Zustimmung durch eifriges Kopfnicken, obwohl sie gestern Abend bereits mit ihrer Tochter in eben diesem Restaurant war. Und obwohl sie im Stillen befürchtet, dass ihr Geheimnis irgendwie ans Tageslicht kommt. Dieses lange gehütete Geheimnis, das niemand bisher kennt…

Ein Abend wie damals

In der Wohnung angekommen, schaut Julie ihre Mutter fragend an. Seit der Begegnung mit den beiden Herren auf dem Deich kommt sie ihr so verändert vor, was sie aber nicht äußert. Doch umso mehr wundert sie sich, dass ihre Mutter, die sich sonst eher sportlich kleidet, in einem besonderen Outfit aus ihrem Schlafzimmer tritt. Felicitas trägt eine schwarze enge Jeans und einen schwarzen Blazer, darunter eine Bluse in einem zarten Puderton. Sie trägt eine silberne Kette mit einem kleinen Steigbügel-Ring als Anhänger, die Julie noch nie zuvor an ihrer Mutter gesehen hat. Dazu schwarze Ballerinas. Ihr Gesicht ist hellbraun getönt, die Lippen hellrosa, die Wimpern sind sorgfältig schwarz getuscht.

„Du siehst wirklich toll aus, Mama!", sagt sie zu ihr und gibt ihr spontan einen Kuss auf die Wange.

Auch Julie sieht in ihrer weißen Baumwollhose, der hellblauen Bluse mit einer mittelblauen, modernen Daunen-Weste und passenden hellblauen Sneakers total gestylt aus. So ziehen die beiden Damen mit dem lustigen Russell Felix die Treppe am Restaurant *Dolce Vita* hinauf zum Alten Deich.

Inzwischen sind fast alle Krabbenkutter von ihrer Fischfang-Tour in den pittoresken Hafen von Greetsiel zurückgekehrt. Ein einmalig stimmungsvolles Bild im beginnenden Abendlicht! Weiße Wolken am Himmel, wie mit einem Pinsel gemalt. Vier Möwen fliegen vom Alten Deich über den Hafen zum Neuen Deich und setzen sich auf die Rückenlehne einer Bank schön nebeneinande, als hätten sie das miteinander abgestimmt. Viele Feriengäste und auch Einheimische stehen am Hafen oder vor der dänischen Eisdiele mit einem großen Eis im Hörnchen in der Hand. Das Eis dieser Eisdiele ist wohl in fast ganz Deutschland bekannt und auch über die Grenzen des Landes hinaus! Die Niederländer schwärmen ebenfalls davon.

Schon von weitem entdeckt Felicitas ihre Jugendliebe und den jungen Mann daneben. ‚Ist das sein Sohn?', fragt sie sich in Gedanken und beginnt zu rechnen... Wie alt mag er wohl sein? Jünger oder älter als ihre Tochter?

Im *Festland* finden die vier einen schönen Tisch auf der mittleren Empore. Parson Russell Felix nimmt direkt seinen Platz unter dem Tisch ein und setzt sich so, dass er den Eingang des Restaurants gut im Auge hat, wie er als aufmerksamer Hund es liebt.

Leise Musik im Hintergrund. Was für ein Zufall. Ein italienischer Song, von Abano und Romina Power gesungen. Alessandro schaut Felicitas tief in die Augen. Woran mag er wohl denken? An die leise Musik in der kleinen Hafenbar in dem italienischen Fischerdorf? So manch einen Abend haben sie dort verbracht, eng aneinander sitzend und Händchen haltend. Das wird jetzt nicht gehen. Trotzdem wählt Fee den Platz neben Alessandro. Vielleicht, um sich ihm ganz nahe zu fühlen. Und so sitzen ihnen Julie und Henrik gegenüber.

„Hier gibt es ja Bruschetta!", stellt Henrik begeistert fest, „und meine Lieblingspasta mit Garnelen! Super!"
Das Menu ist schnell zusammengestellt: Alle entscheiden sich für Bruschetta und Pasta mit Garnelen.

„Was trinken wir?", fragt Fee total gespannt. —

„Haben Sie einen Sommerwein?", fragt Alessandro den Ober mit einem Schmunzeln. Dabei blinzelt er seiner Jugendliebe zu. Ganz verstohlen und versteckt, damit es die anderen nicht bemerken. Das ist ihr gemeinsames Geheimnis. —

„Ja, wir haben einen guten, süffigen Montepulciano d'Abbruzzo." Ehe sich die anderen geäußert haben, bestellt Alessandro diesen Wein. Keiner kann wissen, welche Bedeutung dieser Wein für Fee und ihn hat. Das war der Anfang ihrer Geschichte…

Das wird ein munterer Abend mit leckerem Essen und gutem Wein! Als Nachtisch wählen die vier Panna-Cotta und einen Espresso! Als Fee einen Vorstoß wagt mit den Worten:

„Ihr beide, seid Ihr Vater und Sohn?", kommt der Ober mit der Rechnung. Und niemand antwortet…

So geht ein herrlicher Tag zu Ende.

Auf einer Bank im Leeger Park

Felicitas und Julie beginnen den nächsten Tag mit einem gemütlichen Frühstück. Frische Croissants und Brötchen aus der Greetsieler Backstube, weich gekochte Eier von freilaufenden Hühnern und Käseaufschnitt aus dem Bauern-Lädchen „Produkte der Region" im Kalvarienweg, Orangensaft und frisch gebrühter Kaffee — so kann ein wunderschöner Tag beginnen! Und die Sonne scheint ins Wohnzimmer, genau gesagt in die Essecke.

„Was hast du heute vor?", fragt Julie ihre Mutter mit einem neugierigen Blick. —

„Ich werde mit Felix spazieren gehen zunächst auf dem Alten Deich oder auch auf dem Neuen Deich. Dann werde ich mir die schöne Backsteinkirche mitten im Dorf ansehen und vielleicht in den Leeger Park gehen. Nach der doch recht turbulenten Zeit zu Hause brauche ich etwas Zeit für mich zum Entspannen! Und du, was machst du?"

Julie schaut ihre Mutter nachdenklich an und antwortet:

„Ich mache mich auf den Weg zum Schäfer und seiner Schafherde. Wir beide sind verabredet. Vielleicht kann ich ihm helfen? Du weißt doch, ich probiere gerne etwas Neues aus…" —

„Gut, dann bis irgendwann heute Nachmittag!"

So gehen Mutter und Tochter fröhlich und nachdenklich zugleich auseinander, jede ihren eigenen Weg.

Felix springt munter an seinem Frauchen hoch voller Freude, dass es nun auf die Piste geht, wo die tollen Gerüche und die anderen Hunde, vor allem Hündinnen, auf ihn warten. Ein wahrer Hundenasentraum! Nach einem ausführlichen Gassigang am Hafen schauen sich die beiden die ehrwürdige alte Dorfkirche mit dem Glockenturm an, der, wie so oft in Ostfriesland, neben der Kirche steht. Im Leeger Park hinter der Kirche dort am kleinen Wasserlauf wartet eine alte Holzbank auf Frauchen und den Vierbeiner. Das ist der ideale Platz zum Nachdenken. Jeden Tag hört man schreckliche Nachrichten von Krieg, insbesondere religiösen Kriegen, Völkermord, schändlichem Umgang mit unserem Planeten, Wirtschaftskrisen, Depression, Armut, Gewalt, Krankheiten und Flucht in den Radio- und Fernsehnachrichten. Und liest davon in den Zeitungen und Magazinen. Auf der einen Seite Kriegsschauplätze in der ganzen Welt, auf der anderen Seite baut Deutschland ständig neue Autos, was zu endlosen Problemen, wie Umweltverschmutzung, Staus, Parkplatzmangel und Folgekrankheiten durch Abgase sowie Mangel an Bewegung, führt. Hinzu kommen noch die eigenen Alltagssorgen.

Für all diese Probleme – auch für die eigenen – erwarten die Menschen schnelle Lösungen, gleichsam Patentlösungen. Jeder möchte sofort Ergebnisse sehen. Und fast niemand sieht und erkennt, dass es bei vielen Problemen an uns, an jedem Einzelnen liegt, eine Lösung zu finden. Jeder muss bei sich selbst anfangen. Zum Beispiel kann er überlegen, ob er die weite Strecke in den Urlaub lieber mit der Bahn anstatt mit dem Auto fährt. Oder ob er das Fliegen ganz lässt. Es gibt vieles, was der Einzelne tun kann. Packen wir es an!

Da ist die Journalistin, die sonst ständig im Berufsstress steht, zufrieden, dass sie hier Zeit und Muße findet, einmal abzuschalten. Niemand. Nur Vogelgezwitscher und Natur! Natur pur! So kann sie ganz bei sich sein, wie sie es sich schon zu Hause gewünscht hat.

Sie denkt über ihr Leben nach… Wie ist es verlaufen? Ist es gut so, wie es ist? Sollte sie etwas verändern? In ihrer Ehe, in ihrer Familie? Im Berufsleben? Im Umgang mit ihren Freunden? In Gedanken nimmt sie ein weißes, unbeschriebenes Blatt Papier zur Hand und schreibt die positiven und negativen Aspekte auf. Felicitas muss etwas verändern, neue Wege gehen. Das ist ihre erste Schlussfolgerung.

Da sitzt die Journalistin nun im Park auf dieser alten Holzbank und denkt nach. Plötzlich und völlig unerwartet geschieht etwas, das sie an ihre Jugend erinnert. Ein Rascheln im Gebüsch hinter ihr, zwei Hände legen sich auf ihre Augen und halten diese zu.
„Rate mal, wer ich bin?"

Als Kinder hatte sie das oft mit ihrem jüngeren Bruder und den Freunden aus der Nachbarschaft gespielt. Dann war das Spiel vergessen. Bis zu dem heißen Sommertag in dem kleinen Fischerdorf an der Blumenriviera...

Damals — Alessandro hielt ihr von hinten die Augen zu, schlich sich leise nach vorne und schenkte ihr einen wilden Kuss. Einen Kuss, wie sie ihn vorher noch nie empfunden hatte. Und das mit 27 Jahren und Alessandro war 17 Jahre! Diesen Kuss wird Felicitas nie vergessen.
‚Gibt es wichtige, unvergessliche Erlebnisse oder Ereignisse, die sich im Leben wiederholen?', das denkt Felicitas so für sich, als sie dieses Rascheln im Gebüsch hört.

Alessandro stürmt auf sie zu und möchte sie wie damals vor dreißig Jahren spontan küssen, doch Felicitas weicht zurück...

Auf der alten Holzbank erzählen sie sich gegenseitig von früher, schwelgen in Erinnerungen. Und alles scheint wie früher zu sein. Doch an den traurigen Augen von Fee muss Alessandro erkennen, dass man dreißig Jahre nicht so einfach streichen kann.
Und da gab es noch etwas anderes. Dieses bedeutungsträchtige Datum: 9. November 1989!
„Weißt du noch", meint der Mann, der aussieht wie Georges Clooney, „wie wir uns damals zufällig begegneten am 9. November 1989?" —

„Wie kann ich das je vergessen? Das war außerhalb der Zeit, außerhalb der Wirklichkeit! Es war am Brandenburger Tor in Berlin unter der Quadriga. Du kamst von der Ostseite Berlins mit deiner riesengroßen, imposanten Fotokamera in der Hand, die Haare vom Wind zerzaust, die Wangen vor Eifer rot, gleichsam rot wie Rotwein, und plötzlich sahst du mich. Ich kam von der Westseite, lief durch das Tor. Meinen Notizblock und meinen Lieblingskugelschreiber in der rechten Hand und meinen Kopf voller Gedanken. Ich war so in Gedanken vertieft, dass ich dich fast um gerempelt hätte. Und dann prallten wir zusammen. Und wieder war der Blitz eingeschlagen!"

„Quak, quak…". Es sind die Enten am Wasserlauf im Leeger Park, welche die Stille stören und auf diese Weise die Reise in die Vergangenheit der beiden Feriengäste unterbrechen.

An diesem denkwürdigen Tag im Jahre 1989 war Felicitas als Journalistin für eine bekannte Bonner Tageszeitung unterwegs, für die sie über den Mauerfall in Berlin berichten sollte.
Und Alessandro hatte den Auftrag, Fotos von diesen bewegenden Momenten für ein Münchner Magazin zu machen. So trafen die beiden hier am Brandenburger Tor in Berlin zusammen. Auch sie stürzten alle Mauern in ihrem Leben ein. Ließen für Momente alle Ketten fallen. Beseelt vom Glücksgefühl, sich wieder getroffen zu haben, taumelten sie durch das aufgewühlte Berlin. Sie in einem rosa Trenchcoat, er in einer schwarzen Cordjacke und dunkelblauen Jeans! ♥

Während sie beide auf die quakenden Enten im kleinen Kanal dort im Leeger Park schauen, nimmt Alessandro zärtlich Felicitas' Hand und streichelt sie heimlich. Mehr traut er sich nicht. Während dessen sitzt Felix lieb zu ihren Füßen. Ab und zu macht er Männchen an den Knien seines Frauchens, so als wolle er sagen:
‚Wann geht's weiter. Es ist mir langweilig. Wuff wuff!'

Ohne ein weiteres Wort zu wechseln, gehen sie Hand in Hand zu der roten Backsteinkirche. Hier trennen sich ihre Wege. Während der Mann schnellen Schrittes die Mühlenstraße entlang zu den Zwillingsmühlen läuft, schlendert die Frau nachdenklich und versonnen zum Hafen. Von der Brücke aus schaut sie auf die ankommenden Kutter. Inzwischen ist es Nachmittag geworden. Eine wundervolle Stimmung. Die zarten Farben — Blau, Hellblau und Rosé am Himmel — nehmen Felicitas ganz gefangen. Eine weiße Möwe fliegt über ihren Kopf ganz nah. Felicitas denkt an eine Szene im winzigen italienischen Bootshafen Noli zurück:

Die frisch Verliebten saßen am Hafen des kleinen italienischen Ortes auf den Steinen direkt am Wasser, schauten auf die roten, blauen und grünen Boote, betrachteten den leichten Wellengang — es war auch an einem Nachmittag wie diesem. Alessandro nahm ihre Hand und sagte:
„Ich habe keine Mutter mehr. Meine Mama ist direkt nach meiner Geburt gestorben. Die spätere Frau meines Vaters hat mich groß gezogen. Sie war sicher stets sehr lieb zu mir, doch es ist eben nicht meine wahre Mutter. Irgendwie habe ich immer darunter gelitten. Ich möchte, dass du dies weißt."

Die junge Frau umarmte ihn sanft mit den Worten:
Danke, dass du mir das erzählt hast."
Sie weiß nicht, wie lange sie noch dort gesessen haben. Schweigend.

Jetzt dreißig Jahre später wird ihr so manches klar…

Julie und Henrik bei den Schafen

Julie ist nun schon einige Stunden beim alten Schäfer und den Schafen. Voller Inbrunst genießt sie die Auszeit vom städtischen Leben und beobachtet die Schafe beim Futtern. Schafböcke, Schafe, Muttertiere und Schäfchen, die vor wenigen Wochen auf die Welt gekommen sind. Ein Bild der Eintracht. Der alte Schäfer mit dem langen grauen Bart und dem langen, grauen Überhang erzählt ihr, wie wichtig das Abgrasen der Deichwiesen durch die Schafe ist. Mit ihren Huftritten tragen sie zur Festigung der Deiche bei, die ihrerseits wiederum ein Überschwemmen des Landes hinter den Deichen verhindern. Da, wo jetzt der Hafen von Greetsiel liegt, tobte ursprünglich vor langer Zeit die Nordsee. In mühseliger Arbeit haben die Einwohner das Land der Nordsee abgerungen. Das war ca. um 700 nach Christus.

Die junge Studentin hört dem Schafhirt aufmerksam zu und kann sich gar nicht satt hören. Das ist ja fast interessanter als die Vorlesungen an der Uni. Eben Geschichten aus dem wahren Leben.
    Wen sieht sie da plötzlich oben auf dem Deich? Es ist ihr Piratennachbar Henrik aus der Nachbarwohnung *Piratennest*. Die Überraschung und Freude ist groß. So groß, dass die beiden jungen Leute sich spontan umarmen. Der alte Schäfer schmunzelt und denkt wohl an seine eigene Jugend.
Henrik gesellt sich zu Julie und fragt sie neugierig:
    „Was machst du denn, wenn du nicht gerade Schafe hütest und im Urlaub bist?" —
    „Dann philosophiere ich über Schafe und Menschen, über Ähnlichkeiten und Unterschiede im Verhalten. Genau gesagt, ich studiere Psychologie und Philosophie."
    „Am Beispiel von Schafen lernst du etwas über die Psyche der Menschen? Ist das so?", fragt Henrik interessiert. —

„Das hast du lustig ausgedrückt! Und du, was machst du so, wenn du nicht auf Reisen bist?"

„Ich denke noch nach über eine Ausbildung oder ein Studium, das mir wirklich Freude und Erfüllung im Berufsleben bringen könnte. Das geht so in Richtung: Hilfe zur Selbsthilfe in den Entwicklungsländern. Gern würde ich ein Renten- und Versicherungssystem, wie Fürst Bismark es seinerzeit bei uns durchgesetzt hat, in den armen Ländern in Afrika einführen. Deswegen habe ich angefangen, politische Wissenschaften zu studieren."

„Was sagt denn deine Freundin dazu?", fragt Julie neugierig. Auch um so ganz nebenbei etwas über Henriks Privatleben zu erfahren.

„Die hat mich deswegen verlassen. Das dauert ihr zu lange. Sie möchte doch möglichst schnell heiraten und Kinder bekommen, obwohl wir noch so jung sind!", erwidert der junge Mann spontan.

„Ich finde es auch besser, wenn man erst selbst genau weiß, was man möchte, sich selbst ausprobiert. Und dann kann man immer noch ans Heiraten denken!", entgegnet Julie.

Während die beiden über das Leben nachdenken, betrachten sie die Schafe, wie sie friedlich grasen — fernab von all dem Stress da draußen… Ein Bild des Friedens, der Ruhe!

Henrik macht sich so seine Gedanken über das Meer ganz allgemein und das weite Land hier, das irgendwann zum Meer führt. Im Gedanken an das Meer liegt die Stimmung des Philosophierens. Nirgends im Meer ist fester Boden. Das bedeutet keinerlei Fesselung, nur endlose Freiheit und Transzendenz. Und es scheint ihm plötzlich, dass er nun verstehen kann, warum Julie Philosophie studieren möchte. Und dass sie sich Zeit lassen will, sich selbst und die Welt zu finden, so wie er es auch im Sinn hat: das gefällt ihm. In diesem Augenblick fühlt er sich Julie ganz nahe, und er nimmt ihre Hand und streichelt sie zärtlich. Irgendwann machen sie sich auf den Rückweg zu ihren Ferienwohnungen. Vor der Tür des *Skipper Asterix* wagt der junge Mann es, der jungen

Frau ein ganz zartes Küsschen schnell auf den Mund zu drücken, so wie er es im jugendlichen Alter von 16 Jahren bei seiner Tanzstundenfreundin an ihrer Haustür ausprobiert hatte. ‚Das mit Julie ist etwas ganz Besonderes', denkt er so bei sich und stürmt schnell in die Wohnung gegenüber.

Julie ist total überrascht und aufgeregt. Damit hat sie nun wirklich nicht gerechnet. Bevor die Studentin den *Skipper Asterix* betritt, versucht sie innezuhalten und sich zu beruhigen. So aufgewühlt war sie schon lange nicht mehr. Beim Eintreten in das Feriendomizil macht die erstaunte Tochter eine besondere Entdeckung.

Auch ihre Mutter scheint anders als sonst zu sein. Nachdenklich sitzt sie auf dem roten Sessel am Fenster und schaut nach draußen. Felicitas, weiß nicht, was mit ihr geschieht. Auf der Suche nach der verlorenen Zeit. Eigentlich wollte sie die Zeit hier an der Nordseeküste nutzen, um über ihr Leben nachzudenken. Um zu überlegen, ob sie etwas ändern muss oder möchte. In ihrem Beruf, in ihrer Beziehung, in ihrem ganz eigenen Privatleben. Und nun diese Gefühlsturbulenzen. Dieser Mann aus der Vergangenheit, aus einer längst vergessenen Vergangenheit, wie sie glaubte. Oder sollte sie lieber sagen: ‚verdrängten Vergangenheit'? Die Begegnung mit ihrer Liebe aus einer verlorenen Zeit war aufwühlend, aber zugleich wunderbar! Sie bringt jedoch auch die Gefahr mit sich, dass etwas Verborgenes aufgedeckt wird oder auch nur erahnt wird…

Das durfte nicht geschehen. Auf keinen Fall.

Reif für die Insel

Am nächsten Morgen steht Henrik schüchtern mit einer Tüte, gefüllt mit frischen Croissants und Brötchen, vor der Tür des *Skipper Asterix*. Verstohlen mit heftigem Herzklopfen klopft der Pirat an die Haustür seiner Angebeteten. Seit gestern ist für ihn nichts mehr, wie es einmal war. So ein aufwühlendes Gefühl – das ist neu für ihn. Was empfindet sie, Julie? Diese Frage hat er sich am Abend und noch in der Nacht in Gedanken gestellt. Sieht sie das genauso? Er meint, gestern einen besonderen Glanz in ihren grünen Augen gesehen zu haben. Während er zum tausendsten Mal an diese magischen Momente denkt, öffnet sich plötzlich die Tür. Wie von einer Tarantel gestochen, stürmt der junge Mann in das Wohnzimmer, die Tüte mit den Croissants und Brötchen hoch in die Luft haltend:

„Möchtet ihr mit mir frühstücken? Und danach auf die tolle Nordseeinsel Norderney fahren? Die MS Wappen von Norderney legt um 11.00 Uhr ab."

„Eine super Idee! Der Kaffee läuft gerade durch, und der Tisch ist auch schon gedeckt! Kommt dein Vater auch zum gemeinsamen Frühstück?", will Julie wissen.

‚Wie soll ich darauf reagieren?', fragt sich Henrik im Stillen. ‚Die beiden Damen müssen ja nicht alles genau wissen…', denkt er weiter bei sich und sagt laut:

„Ja, ich glaube, Alessandro kommt auch gleich." Da tritt der Mann, der aussieht wie Georges Clooney, auch schon ein, nachdem Felicitas spontan die Haustür geöffnet hat. Dies mit einem gespannten Lächeln um den Mund. Sie kann ihre Freude nur mit Mühe verbergen.

Nach einem leckeren Frühstück machen sich die vier auf den Weg zur *MS Wappen von Norderney*, den lustigen Parson Russell Felix im Schlepptau. Irgendwie sind sie alle reif für die Insel. Und die beiden Herren waren noch nie in ihrem Leben auf einer Nordseeinsel! Sie sind total gespannt. Die Ausflugsfahrt auf die Königin der ostfriesischen Inseln verläuft ruhig. Die vier Feriengäste sitzen an einem langen Tisch und lassen sich knusprige Krabben-Baguettes mit Apfelsaftschorle munden. Plötzlich greift Alessandro zu seiner großen Kamera, setzt sich direkt ans Fenster und schießt ein Foto in Richtung der Krabbenkutter, die im Hafen vor Anker liegen. Toll. Alle bunten Kutter sind auf dem Foto. Gelungen! Er hat ein einmaliges Bild im Kasten! Die Krabbenkutter von einer besonderen Perspektive aus gesehen. Nach einer beschaulich dahingleitenden Fahrt und dann einem Schlenker nach rechts ist das Schiff am Hafen der Insel angelangt.

Inselzauber

Auf der linken Seite das tosende Meer, auf der rechten Seite endlose Salzwiesen, eingesäumt von gelben und weißen Häusern im klassizistischen Stil. Auf den Salzwiesen, die in kräftigem Grün erstrahlen, stehen locker verstreut einige Strandkörbe in verschiedenen Farben mit vierstelligen Ziffern auf der hinteren Seite, wohl damit der Gast seinen Strandkorb wieder erkennt.
Die vier schlendern die endlose Strandpromenade entlang. Herrlich diese gesunde Nordseeluft und die Wildheit des Meeres.
„Super, einfach wunderschön!", ruft Alessandro begeistert. „In Italien haben wir leider nicht so ein wildes Meer mit Ebbe und Flut. Das ist ein wenig wie das Leben — mit ruhigen und turbulenten Zeiten. Ich weiß nicht, welche Zeiten mir besser gefallen.

Nach all den unruhigen Zeiten sehne ich mich nach Ruhe und Geborgenheit!" Während er dies sagt, schaut er Fee intensiv von der Seite an. ‚Hoffentlich haben die jungen Leute das nicht gesehen!', so der Gedanke von Felicitas.

Irgendwann entdecken die Inselbesucher eine Art Café, das schon von weitem sehr einladend aussieht. Es ist die Milchbar! Ganz nah an der Promenade sitzen einige Besucher gemütlich bei Latte Macchiato und Cappuccino an kleinen Tischen und auf gemütlichen Stühlen. Sie genießen den Blick auf die Nordsee. Vertraut schauen sich Fee und der Italiener an. Sie möchten hier gerne einen Cappuccino trinken. Doch Julie und Henrik treibt es weiter. Auf zu neuen Entdeckungen! Mit dem Hund Felix möchten sie zum Hundestrand an der weißen Düne wandern. Dort gibt es auch ein modernes Café-Restaurant in einem grauen Holzhaus, wie Julie zu berichten weiß. Norderney ist nämlich schon seit ihrer frühen Kindheit ihre Lieblingsinsel. Sie erinnert sich: All die Jahre ist sie mit ihren Eltern in den großen Ferien auf eine der Nordseeinseln gefahren. Sehr oft auf die Königin der Inseln: Norderney! So ziehen die beiden Studenten weiter mit Felix, der munter bei Fuß mitläuft, immer auf der Strandpromenade entlang der Nordsee.

„Wir treffen uns dann in 99 Minuten im Kurpark", ruft Felicitas den beiden noch hinterher.

„Nun habe ich dich endlich mal eine Zeit für mich alleine!", freut sich Alessandro, „und ich kann dir sagen, wie hübsch du heute aussiehst in deinem blau-grünen Outfit! Passend zu deinen braungrünen Augen, die mich schon damals bei unserem esten Rendezvous fasziniert haben!" Fee trägt eine hellblaue Jeans mit einem mintgrünen T-Shirt und einer hellblauen Jeans-Weste dazu. Und passend dazu hellblaue Sneakers. Sie freut sich sehr über das Kompliment. Es ist schon lange her, dass ihr ein Mann ein Kompliment gemacht hat.
Vorsichtig wagt der charmante Italiener einen Vorstoß:

„Warum haben wir seit damals nach unserer zweiten Begegnung in Berlin im Jahre 1989 nichts mehr voneinander gehört?" Wieder knistert es gewaltig zwischen den beiden.
„Du weißt doch, ich war verheiratet, und auch du warst in einer festen Beziehung. Für mich sind Männer, die verheiratet sind oder in einer Beziehung leben, tabu! Eigentlich wollte ich meinem Mann auch nicht untreu sein... Und du wolltest deine Freundin auch nicht betrügen. Das war damals schon etwas Besonderes an dem Tag des Falls der Berliner Mauer. Eine einmalige Ausnahmesituation!"
Nachdenklich auf das Meer schauend gibt Fee diese Antwort.
Auch Alessandro schaut hinaus in die Ferne, betrachtet das Meer. Hinter ihnen irgendwo flache Dünen, vor ihnen das wogende, unermessliche Meer, über ihnen der Himmel wie eine riesige Kristallkuppel mit weißen und hellblauen Wolken! Die hohe Einfachheit der Natur ist hier am Meer mehr als irgendwo sonst eine erhabene Umgebung.
„Streichen wir doch einfach 25 Jahre, vergessen die Zeit dazwischen und tun so, als ob es wie damals ist...", meint Alessandro.
„Ich bin immer noch verheiratet", flüstert Fee und schaut ihm dabei tief in die Augen. Wieder ist da dieselbe magische Anziehung wie beim ersten Mal in dem kleinen italienischen Fischerdorf an der Blumenriviera, wie beim zweiten Mal in Berlin, als sie sich zufällig in dem kleinen Hotel in einer Seitenstraße vom Kurfürstendamm wiederfanden und wie jetzt bei ihrer dritten unerwarteten Begegnung im Fischerdorf Greetsiel.
In diesem magischen Moment beschließen die beiden, wenn sie sich in den nächsten Tagen trennen, ein Wiedersehen dem Zufall zu überlassen. Zu sehen und zu warten, wie die Zukunft, wie das Leben entscheidet...
Während die beiden miteinander sprechen, rücken sie unbewusst immer enger aneinander, so dass sie den Duft und den Atem des anderen ganz nah spüren. Es ist schon etwas ganz Besonderes auf dieser Insel. Das Meer brandet so nahe heran, dass man seinen

Salzhauch wie von einem Schiff aus einatmen kann. Es ist still und warm. Doch plötzlich kommt ein Windzug auf, dieser wird immer heftiger. Die Passanten müssen gegen den steifen Nordseewind ankämpfen. Dann erneut ein prickelnder Moment. Von den großen Elementen: Sonne, Meer, Luft, Wind umfangen, spüren die beiden doppelt das Glück, hier auf der Insel zu sein. Und zusammen hier zu sein… Alessandro ergreift Fees Hand und drückt sie fest und fester, als wolle er sie festhalten. Für immer. Doch das geht nicht. Plötzlich holt Alessandro ein Glas dunkelroten Wein:

SOMMERWEIN!

Weiße Düne

Julie und Henrik sind auf dem Weg zur Weißen Düne. Der lustige Russell folgt ihnen munter oder läuft vor. Natürlich an der Leine, wie es hier vorgeschrieben ist. Sie gehen flotten Schrittes immer auf der Promenade entlang. Der Weg ist ziemlich weit und bisweilen müssen sie gegen den Wind ankämpfen. Das tut gut. Der Wind pustet die Lungen frei nach den Tagen und Wochen in der Stadtluft. Als sie endlich nach einem Weg durch die einmalig schöne Dünenlandschaft ankommen, entdecken sie schon von weitem das graue Holzhaus mit Tischen und Bänken davor. Das muss wohl das Restaurant *Weiße Düne* sein, von dem Julies Studienfreunde aus Bonn schon lustige Geschichten erzählt haben. In dem Sinne, dass sie dort so manch einen lauen Abend bei Wein, Fisch – und Krabbenbaguette und einer leckeren Käseplatte verbracht haben.
Momente zwischen Licht und Weite! Zunächst einmal stürmen die zwei Studenten mit dem Parson Russell an den Hundestrand, der

rechts neben dem Büdchen liegt, an dem man einen Strandkorb mieten kann.

Henrik reißt die Arme in die Höhe, läuft freudestrahlend auf den weiten, weißen Strand, der gerade hier endlos zu sein scheint. Julie läuft ihm hinterher, Felix überholt beide. Bis auf einige Strandkörbe, die nur zum Teil belegt sind, und wenige herumlaufende Hunde scheint der Strand unbelebt zu sein, fast verlassen…

„Herrlich dieses Gefühl: wir zwei, nein, vielmehr wir drei sind ganz eins mit der Natur! Ich war noch nie auf einer Nordseeinsel. München, die Stadt, in der wir leben, ist so weit von der Nordsee entfernt. So waren wir in den Sommerferien meist in Italien an der Adria oder an der Blumenriviera in Ligurien. Irgendwie habe ich von so einer Insel immer geträumt! Und nun bin ich hier — mit dir! Und unendlich glücklich!" Bei diesen Worten umarmt Henrik Julie, und Julie lässt es geschehen.

„Hast du einen Freund?", fragt der junge Mann ganz verhalten.

„Ja, ich habe einen Freund seit etwa 13 Monaten. Er ist genauso alt wie ich und studiert Meeresbiologie in Kanada an der Universität von Québec", antwortet Julie mit einem Augenzwinkern.

„Dann könnt ihr euch ja nur selten sehen! Liebe auf Entfernung. Geht das überhaupt?", wundert sich Henrik und ist gleichzeitig ein wenig traurig darüber, dass Julie einen Freund hat.

„Doch wir sehen uns fast jeden Tag über das Internet. Wir erzählen uns unsere Erlebnisse, unsere Sorgen, unsere schönen Momente. Dabei lachen wir, bisweilen weinen wir… Das geht nun schon 13 Monate so. Wie es weitergeht, wissen wir nicht." —

„Habt ihr beide euch denn noch nie gesehen?", erkundigt sich Henrik neugierig und etwas ungläubig darüber, dass so ein Partnerschaftsmodell funktionieren kann.

„Doch ein einziges Mal, als wir uns vor 13 Monaten und 3 Tagen auf dem Flughafen Orly in Paris kennen gelernt haben. Don wartete auf seinen Rückflug nach Québec, ich wartete auf meine Maschine nach Köln/Bonn. Das waren kurze Momente des Glücks. Wir sprachen kaum miteinander, schauten uns nur immer wieder an, lachten miteinander und am Ende beim Abschied weinten wir jeder eine Träne, weil wir uns schon wieder trennen mussten. Momente voller Zärtlichkeit. Tragisch. Kaum kennen gelernt. Kaum in die Augen geschaut und schon wieder getrennt."

Henrik sieht Julie vorsichtig von der Seite an und streichelt ganz zart ihre Hand, als wolle er sie trösten. Dies obwohl er gleichzeitig traurig ist, dass sie bereits ihr Herz verschenkt hat.

Noch einmal schauen sie gemeinsam auf die tobende Nordsee. Julie lässt ihre offenen Haare im Wind flattern. Der Wind ist frisch geworden und ganz kurz, nur für einige Minuten, halten die beiden jungen Menschen sich warm und Russell Felix kuschelt sich an ihre Beine.

„Ich habe Riesenhunger!", meint die Studentin und schaut in Richtung Holzhaus *Weiße Düne*. Schon betrachten sie gemeinsam gespannt die ausgehangene Speisekarte. Im Restaurant nehmen sie an einem großen urigen Holztisch Platz und bestellen jeweils einen bunten Gartensalat mit frischer Kresse und gebratenen Champignons. Dazu eine große Flasche Mineralwasser Naturell. Als Nachspeise wählen sie rote Grütze, wie man sie hier im Norden an der Nord- und Ostsee kredenzt. Felix bekommt etwas von dem mitgebrachten Hundefutter und ein ganz kleines Wiener Würstchen. Danach eine Knabberstange, mit der er ein Weilchen mit Kauen und Knabbern beschäftigt ist und die gleichzeitig hilft, die Zähne zu reinigen.

Da die Zeit drängt, entscheiden sie sich, den Bus zum Kurpark, dem Treffpunkt mit Felicitas und Alessandro, zu nehmen. Dort warten die beiden auch schon seit einiger Zeit auf sie.

„Ich habe das Gefühl, Alessandro und meine Mutter kennen sich schon lange. Was denkst du?", meint Julie, als sie auf die beiden zugehen, die bei einer Tasse Café auf der Terrasse vor dem Kurhaus sitzen und den jungen Leuten entgegen schauen. Bevor Hen-

rik antworten kann, kommt ihnen Alessandro auch schon entgegen.
„Schön, dass ihr wieder da seid. Lasst uns gemeinsam durch den Kurpark schlendern, dann die Strandstraße mit den süßen Geschäften anschauen", erklärt Felicitas, die sich auf der Insel auskennt. Zunächst einmal gehen sie an dem imposanten Insel-Hotel König mit dem markanten Turm vorbei. Dort sitzen viele Menschen — Alte und Junge sowie ewig jung Gebliebene — auf der großen Terrasse, die viele Sonnenplätze bietet und zum Verweilen einlädt.
„Beim nächsten Besuch auf Norderney essen wir dort ein riesengroßes Stück Torte und trinken einen Maxi-Cappuccino!", ruft Julie freudestrahlend. Wird es ein nächstes Mal geben?
Weiter geht's zu der Buchhandlung gegenüber der beliebten Eisdiele an einem kleinen Platz. Da wird erst einmal gestöbert! Alle vier lieben Bücher und finden kaum ein Ende.
Felicitas erzählt: „Wenn ich unterwegs bin in einem fremden oder bekannten Ort, kaufe ich mir gerne einen Roman, der dort angesiedelt ist. Besonders gerne einen Liebesroman."
Aber diesmal findet sie leider kein geeignetes Buch, das sie noch nicht kennt. So setzen sie denn ihren Weg in Richtung Weststrand fort. Rechts am Weg das Haus *Belvedere,* die ehemalige Sommerresidenz des Reichskanzlers von Bülow, links eine Teestube mit Terrasse, von der aus man zu einer späteren Stunde den Sonnenuntergang beobachten kann. Doch dafür ist es leider noch zu früh. Und die vier Norderney-Besucher müssen zurück zu der MS Wappen von Norderney.

Wehmütig schauen sie ein letztes Mal über das Meer hinaus in die Ferne.
„Ich wäre gerne noch einen Tag geblieben!", sinniert Alessandro laut. Und Felicitas denkt: ‚So oder ähnlich hat sich der Dichter Heinrich Heine, der oft auf Norderney Gast war, auch mal geäußert.'

Merkwürdig, wie der gleiche Gedanke am gleichen Ort in einem anderen Jahrhundert von einem anderen Menschen wieder geäußert wird...

Dann plötzlich hinein in die Stille fragt Alessandro die junge Studentin Julie:
„Ich denke, du hast bald Geburtstag. Stimmt das?"
Die Frage bleibt unbeantwortet.
Ein wunderschöner Tag auf Norderney mit einigen offenen Fragen geht zu Ende...

Die Bank unweit der kleinen Werft

Am nächsten Tag beschließen Henrik und Alessandro zu der kleinen Werft am Greetsieler Hafen zu gehen, um nach ihrem Segelschiff zu schauen. Eigentlich möchten sie ja noch gar nicht weitersegeln. Und beide Männer hoffen im Stillen, dass ihr Segelboot noch nicht fertig ist und noch nicht für eine Hochseefahrt reisetauglich ist. Ganz gespannt fragt Alessandro den Werftmeister, der gerade an einem anderen Boot, genau gesagt an einer weißen Yacht, arbeitet.
„Wir wollten uns erkundigen, wie weit die Arbeiten an unserer Segelyacht gediehen sind?"
„Ihre Segelyacht ist leider noch nicht hochseeklar. Es fehlen noch zwei wichtige Ersatzteile, die wir aus Dänemark beziehen müssen. Das kann noch einige Tage dauern", antwortet der Werftmeister. Alessandro und Henrik schauen sich an und schmunzeln dabei. Nun haben sie Aufschub gewonnen und können noch im Fischerdorf bleiben. Und die Gegenwart der beiden netten Damen genießen! Ein Stein fällt ihnen vom Herzen! Freude-

strahlend gehen sie zum Alten Deich hinauf und schlendern dort entlang.

„Ich glaube, du hast dich verliebt!", flüstert Alessandro.
„Und du, kennst du Felicitas vielleicht schon länger? Ihr beide wirkt so vertraut!", antwortet Henrik mit einer Gegenfrage.
„Also, du bist verliebt, lieber Henrik!", meint Alessandro lächelnd. „Nun, was Fee und mich betrifft, das ist eine besondere Geschichte. Vielleicht erzähle ich sie dir irgendwann einmal in Ruhe…"

Während die beiden Herren so flachsen und es auch gleichzeitig ernst meinen, entdecken sie plötzlich unterhalb vom Deich viele, viele Schafe. Wer ist dabei zwischen all den Vierbeinern? Ihr dürft raten. — Es ist Julie!
Wildes Herzklopfen für Henrik! Sein Blutdruck steigt auf 200; sein Herz schlägt 1000 Mal, und seine Augen leuchten! Er kann es nicht mehr verbergen. Der junge Mann ist verliebt. Er hat riesengroße, rote Schmetterlinge im Bauch…
Da fällt ihm plötzlich das Lied ein: What's another year? I have been waiting such a long time…", gesungen von Johnny Logan. Auf Julie kann er warten: 1 Jahr, 2 Jahre… immer! Vielleicht hat er die ganze Zeit nur auf dieses wilde Mädchen mit den braunen Haaren mit blonden Strähnchen, wie von der Sonne getönt, und dem frechen Lachen gewartet. Auf so ein Mädchen mit tausend Ideen im Kopf, die plötzlich aus ihm heraussprudeln. Frisch, spontan und irgendwie doch überlegt. So läuft Henrik, so schnell er kann, zu Julie und den Schafen.

Während dessen schlendert Alessandro weiter auf dem Alten Deich Richtung Hafen entlang. Wer sitzt denn da auf der letzten Bank, vom Greetsieler Hafen aus gesehen. Eine Dame mit mittelblondem, halblangem Haar in einer dunkelblauen leichten Sommerdaunenweste. Ein Buch in der Hand. Immer hat sie ein Buch in der Hand, wenn ich sie sehe, denkt der Italiener so bei sich. Felicitas hat schon damals gerne gelesen.

„Tedesca, Inglesa, Suiza? Darf ich mich zu dir setzen?", fragt er wie vor dreißig Jahren.
„Ja, gerne. Es ist so schön, dass ihr beide da seid! Doch leider müsst oder wollt ihr sicher bald weitersegeln. Eure geplante Reise nach Irland antreten, nicht wahr?"
„Freust du dich, wenn ich dir jetzt sage, dass wir noch einige Tage bleiben? Der äußere Grund ist, dass unser Segelschiff noch nicht komplett startklar ist. Der innere Grund ist, dass…", ein Zögern schleicht sich in die Stimme des Mannes, „der wichtigere Grund ist, dass ich dich immer noch sehr, sehr mag und für immer hier mit dir sitzen könnte!" Ganz zärtlich streichelt er bei diesen Worten ihre Hand. Dann wagt er es, Fees Nasenrücken zaghaft zu berühren und zu streicheln, wie er es früher im kleinen italienischen Hafen oft getan hatte… Nachdenklich und versonnen schaut Felicitas ihren Liebhaber von damals an. Sie merkt, dass Alessandro noch etwas auf dem Herzen hat.
„Eine Frage brennt mir auf der Zunge. Ich gehe direkt in medias res: Ist Julie unsere gemeinsame Tochter? Bevor du antwortest, lass mich erklären. Als gestern der linke Ärmel von Julies Polohemd zufällig hochrutschte, entdeckte ich einen kleinen Leberfleck. An der gleichen Stelle habe ich auch einen Leberfleck. Und mein Vater erzählte mir einmal, dass meine verstorbene Mutter dort ebenfalls einen Leberfleck hatte. Zufall? Irgendwie habe ich das direkt gedacht, als ich Julie zum ersten Mal sah. Am ersten Tag, dem Tag unserer Ankunft. Das war wie eine spontane Eingebung! Ein Blitzschlag!"

„Nein, nein. Das ist nicht so. Mein Ehemann Mats ist der Vater von Julie."
Sagt es und läuft davon.

Total aufgewühlt

Felicitas ist total aufgewühlt. Sie muss sich ablenken. Da hat sie eine Idee. Ihre ehemalige Kollegin aus der Bonner Zeitung Marietta Herbst lebt seit einiger Zeit in Greetsiel. Wenn sie sich richtig erinnert, hat Marietta ein Buch-Café im Kattrepel eröffnet. So leint sie Felix ganz schnell an und macht sich auf die Suche nach diesem kleinen Buchladen. Neugierig nach rechts und links schauend, schlendert sie mit Felix durch die engen, malerischen Gassen im Künstlerviertel Kattrepel. Zunächst entdeckt sie das Kunstatelier. Einraum. Sehr hübsch dekorierte Schaufenster mit kleinen und größeren Bildern, die oft Greetsieler Motive zeigen. Die Journalistin beschließt, sich in den nächsten Tagen das Atelier einmal von innen anzuschauen. Doch jetzt ist sie auf der Suche nach Mariettas Buchladen.

Plötzlich entdeckt sie das süße Buch-Café und riecht schon von draußen den italienischen Espresso. Im Schaufenster Kaffeebohnen zwischen verschiedenen Nordsee-Büchern, Romanen und Reiselektüre. Sehr übersichtlich und fantasievoll dekoriert mit einem großen Strohhut und einer Riesen-Sonnenbrille à la Audrey Hepburn. Das alles inspiriert, das süße Buch-Café sofort zu betreten zum Stöbern und Kaffeetrinken! Auch die beiden Terracotta-Töpfe vor der rosa-weißen Tür, bepflanzt mit rosa Hortensien, locken die Spaziergänger an.

Neugierig betritt Felicitas das Lädchen. Gespannt und ein wenig aufgeregt schaut sie sich um und ist begeistert. An den schwarzen Marmortischen sitzen einige Gäste und trinken meist Espresso Macchiato, oft halten sie ein Buch in den Händen und sind total ins Lesen vertieft. Da kommt auch schon Marietta, ihre ehemalige

Kollegin, auf sie zu. Küsschen auf die Wangen — die Wiedersehensfreude ist groß!

„Toll, dass du deinen Traum verwirklicht hast", meint Fee zu Marietta, „wie geht es dir? Bist du zufrieden? Aber, wie kann ich das nur fragen? Das sehe ich doch! Du hast dir hier ein wahres Paradies geschaffen!"

„Darf ich dich verwöhnen? Was möchtest du trinken? Wie in Bonn, als wir stets einen Cappuccino zusammen getrunken haben? Dazu vielleicht ein italienisches Schokoladentörtchen. Ganz mini, ich weiß doch, du achtest auf deine Linie."

„Ich lass mich gerne überraschen! Inzwischen schaue ich mir die süßen Fotos an der kleinen Bilderwand an."

Mit diesen Worten steht Felicitas von ihrem kleinen rosa Sessel auf, um die bunte Foto-Wand in der Nähe der verlockenden verglasten Kuchentheke zu betrachten. In der Mitte entdeckt sie ein Foto, das wohl im Café Greco in Rom in der Via dei Condutti aufgenommen wurde. Es zeigt Marietta mit ihrer Tochter Sophie an einem kleinen Tisch, über dem ein Bild von Johann Wolfgang von Goethe hängt. Er soll während seiner Reise nach Italien hier stets seinen italienischen Espresso getrunken haben.

Voller Erstaunen und mit großer Freude bleiben ihre Augen an der Aufnahme daneben hängen. Auf dem Foto ist Alessandro in Berlin vor dem Brandenburger Tor mit einer jungen blonden Frau zu sehen. Es trägt die handschriftliche Unterschrift: „Der junge Reporter und Fotograf Alessandro Parole der Mailänder Zeitung ‚La Sera' mit einer unbekannten Schönen in Berlin". Als Felicitas das Foto so fixiert, meint ihre ehemalige Kollegin plötzlich:

„Ich habe immer schon gedacht, diese junge Frau sieht dir ähnlich. Bist du das?" Felicitas schmunzelt nur, gleichsam als geheimnisvolle Antwort auf diese pikante Frage, und setzt sich wieder auf den rosa Sessel neben dem kleinen, schwarzen Marmortisch.

„Du hast es wirklich schön hier! Bist du mit deinem neuen Leben hier in Greetsiel zufrieden? Auch mit deiner Partnerschaft?"
„Ja, sehr. Es war genau der richtige Zeitpunkt für einen Neuanfang in meinem Leben. Aufgrund der vielen schrecklichen Nachrichten aus der gesamten Welt, mit denen ich in meinem Beruf als Journalistin in Bonn konfrontiert war, litt ich an Depressionen. Und dann waren da noch die plötzliche Trennung von meinem Mann und die langwierige Scheidung. Anschließend die Phase, in der ich zu mir selbst gefunden habe. Jetzt bin ich sehr glücklich mit meinem neuen Lebensgefährten Kapitän Erik Hansen, nachdem wir uns zusammengerauft haben. Als echter Ostfriese hat er schon eine besondere Art an sich…"
Während Marietta dies sagt, schaut sie aus dem Fenster in die kleine Gasse im Kattrepel. Felicitas erzählt ihr, dass auch sie über ihr bisheriges Leben nachdenken und etwas ändern möchte.

„Da hat es mich vor einigen Tagen wie ein Paukenschlag getroffen. Vor der Tür der Ferienwohnung *Piratennest* gegenüber unserer Ferienwohnung *Skipper Asterix* entdeckte ich meine Jugendliebe aus Italien! Wir haben uns seitdem mehrmals hier getroffen, und ich bin total verwirrt. Was soll ich tun?" Als Felicitas dies sagt, ruft Marietta ganz plötzlich
„Was für ein gut aussehender Mann steht denn da an meinem Schaufenster und schaut sich die Nordsee-Romane an?"
Felicitas wird rot von den Wangen bis zur Stirn und kann ihre Aufregung kaum im Zaum halten.

Katastrophe!
Am liebsten möchte sie auf der Stelle im Boden versinken, und jetzt schaut der gut aussehende Mann auch noch direkt zu ihr ins Fenster. Wie soll das alles weitergehen?
„Das ist der Mann meiner seltsamen Begegnung aus der Vergangenheit!", erklärt Felicitas. „Er bringt mein ganzes Leben durcheinander!"

„Wow! Bei diesem Mann könnte ich auch schwach werden...,
aber ich bin ja nun in festen Händen", entgegnet Marietta flunkernd.

Picknick am See

An diesem Nachmittag so gegen 16.00 Uhr kehrt Julie von ihrem „Schaf-Sitting" dort hinten am Deich in das Feriendomizil zurück, um das Erlebte sowie ihre Gedanken in ihrem Tagebuch festzuhalten. Zum Beispiel stellt sie sich oft die Frage, warum ganz viele Menschen zur gleichen Zeit an den gleichen Ort gehen oder fahren. Ein Beispiel: Sehr viele Menschen fahren zu Silvester irgendwohin entweder an die See oder in die Berge, wo es nun kaum noch schneit. Wie sie gerade heute beobachtet hat, laufen auch die Schafe gleichzeitig an dieselbe Stelle, gleichsam wie von einer geheimen Kraft angezogen. Das ist durchaus überdenkenswert! Wie kann man diese Tendenzen in der Werbung einsetzen? Wie kann man sie steuern, lenken und vielleicht sogar in eine gewünschte andere Richtung umpolen?

Während die junge Studentin der Psychologie und Philosophie darüber nachdenkt, klingelt es ganz unerwartet an der Haustür des *Skipper Asterix*. Wer mag das wohl sein? Gespannt öffnet sie die Tür und springt in die Luft vor lauter Freude!
Zunächst streckt sich ihr ein Arm mit einem bunten Picknick-Korb entgegen. Überraschung! Dann schiebt sich ein brauner Männer-Sneaker in die Türöffnung. Schließlich erscheint Henrik mit einem breiten Lachen auf dem Gesicht von einem Mundwinkel zum anderen.

„Möchtest du wissen, was in meinem Korb ist? Bist du neugierig, mein Schäfchen? Darf ich ‚Schäfchen' überhaupt zu dir sagen im Zeitalter der Emanzipation?"
„Da sind gleich zwei Fragen auf einmal! Antwort auf die letzte Frage: Ja natürlich, ich mag doch Schafe und Schäfchen über alles und — hier macht Julie eine kleine Pause — selbstverständlich auch Schafböcke! Antwort auf die erste Frage: Ja, ich bin total neugierig. Nun zeig schon her, was du bei dir hast...!"

Es ist ein wunderschöner Spätnachmittag mit herrlichem Sonnenschein, Vogelgezwitscher und einem zarten Lichteinfall in das Wohnzimmer des Feriendomizils. Da fragt der junge Mann ganz unverfroren:
„Der frühe Abend ist so einladend. Kommst du mit an den Badesee, und wir machen gemeinsam ein leckeres Picknick? Hast du Appetit?" Dabei leckt er sich genüsslich die Lippen.

Die junge Studentin Julie ist begeistert, ergreift ihre hellblaue Jeansjacke und ihre blaue Umhängetasche und ist parat für neue Abenteuer. Das heißt, sofern sie nicht zu gefährlich werden...
Am Badesee unweit vom Dorf Greetsiel angekommen, breitet Henrik ein mitgebrachtes hellblaues Badetuch aus und dekoriert es mit folgenden Leckereien:
Ciabatta-Brot, Tomaten, 1 Gurke, Champignons, hierzu eine kleine Schale Vinaigrette (selbst gemacht, natürlich mit Senf und Kräutern der Provence); Grünländer Schnittkäse und Ziegen-Käse; Norderneyer Schinken, auf der Insel luftgetrocknet: alles Produkte der Region.
Und dann last but not least nimmt er eine kleine Flasche Rotwein aus dem Picknickkorb. *Sommerwein* aus Italien. Alles Zutaten für einen genussvollen Sommerabend!

Die beiden jungen Leute genießen das Menu und die traute Zweisamkeit.

„Lass uns baden gehen!", meint Henrik mit einem Schmunzeln.
„Aber ich habe doch gar keinen Badeanzug dabei", erlaubt sich Julie zu bemerken, ebenfalls mit einem Schmunzeln um die Nasenwinkel.
„Du gefällst mir auch in BH und Höschen!", erwidert Henrik ein wenig schlüpfrig. Da zögert die junge Dame nicht lange und schon fliegen Jeansjacke, T-Shirt und Jeans auf das hellblaue Handtuch. Henrik macht es ihr nach, und schnell springen beide ins frische Wasser, vor Freude jauchzend. ♥♥♥
Wilde Küsse, immer wilder, ihre Körper pressen sich aneinander...
Vergessen der Internet-Freund in der Ferne. Vergessen die letzte Freundin von Henrik, die nicht warten wollte.
Was einzig und allein zählt, ist nur noch der Augenblick.
Ist das Glück? ♥

„Das ist ein Abend, den ich nie vergessen werde!", flüstert Julie spontan voller Hingabe.

Ganz verliebt und eng umschlungen kehren die beiden zu den Ferienwohnungen zurück. Als Felicitas, die zufällig aus einem der vorderen Fenster schaut, dies sieht, ist sie sehr aufgeregt, versucht aber sich zu beruhigen.

Was ist da passiert? Was darf da passieren? Felicitas hat eine Vermutung. Sie muss Gewissheit haben. So schnell wie möglich.

Aussprache

Schnell ruft sie mit ihrem Handy Alessandro an und bittet um ein Rendezvous, möglichst sofort, wie sie versucht ruhig zu sagen, obwohl sie total aufgeregt ist.
Wieder einmal Katastrophe!

„Gleich am Hafen auf unserer Bank!", erwidert Alessandro ganz cool, obwohl er ahnt, was Fee denkt. Denn auch er hat von einem vorderen Fenster im *Piratennest* die aufgewühlte Szene der beiden jungen Menschen beobachtet…
Dort auf der Bank am Krabbenkutter-Hafen beginnt Fee, inzwischen offensichtlich gefasst, das etwas heikle Gespräch:
„Ist Henrik dein Sohn? Bist du noch mit seiner Mutter zusammen?"
Pause!

Dann die Antwort des smarten Italieners:
„In der Tat, er ist wie mein Sohn, aber leider ist er nicht mein Sohn. Ich war mit seiner Mutter Henriette mehrere Jahre zusammen. Als wir uns kennenlernten, war Henrik 12 Jahre alt. Als wir uns trennten, war er 19 Jahre. Henrik war für mich immer wie ein Sohn, und er blieb mein Sohn, als Henriette und ich uns vor vier Jahren trennten."

Aufmerksam hört Felicitas ihm zu, und es ist, als falle ihr ein Stein vom Herzen. Ganz plötzlich weiß sie, dass der Zuneigung zwischen Julie und Henrik nichts mehr im Wege steht. Aufatmen!

Dann nach einem kurzen Moment des Schweigens nimmt Alessandro Fees Hand in seine und sagt:

„Eigentlich habe ich immer nach einer Frau gesucht, wie du es bist. Doch ich habe sie nicht gefunden..." Dabei wischt der gestandene Mann sich eine Träne vom Gesicht, und es ist, als würde er sein ganzes Leben Revue passieren lassen. Im tiefsten Innern spürt er das Glück, nun neben der Frau zu sitzen, die er immer geliebt hat. Und das Hand in Hand. Die zehn Jahre zwischen ihnen machen auch nichts mehr aus, wenn sie überhaupt jemals eine Bedeutung hatten.
Beide spüren, dass dies ein Augenblick für die Ewigkeit ist.

Aus der Sicht des Mannes

Alessandro hat nur einen Gedanken: Jetzt möchte ich mit meiner Fee, wie damals in Noli, ganz alleine sein. Am schönsten wäre es auf einer Insel. Und es fährt kein Schiff mehr zurück zum Festland... Nur wir beide — ganz alleine. ♥
Dann würde ich dich zärtlich streicheln, irgendwann dann leidenschaftlich wie damals, als wir beide noch sehr jung waren, zu jung! Auf jeden Fall war ich zu jung. Auch im Hafen des kleinen italienischen Dorfes an der Blumenriviera habe ich nicht empfunden, dass du zehn Jahre älter bist.

Jedoch musste ich an „Romeo und Julia" denken. Konnten wir doch nicht zusammen kommen... Die Gegensätze schienen unüberbrückbar, allein schon wegen der großen Entfernung, die zwischen unseren beiden Welten lag. Als ich dann einige Zeit alleine in Italien zurückblieb und keine Möglichkeit sah, dich zu besuchen, weinte ich manchmal und verlor mich in meinen Träumen. Auf meine Briefe kam keine Antwort. —
So verging die Zeit. So verging das Leben.

Was ist ein Dîner en Blanc?

Am Abend stürmt Julie in die Ferienwohnung mit den Worten:
„Mami, übermorgen findet ein großes Fest in Greetsiel statt. Dafür muss ich morgen nach Norden fahren! Es handelt sich um ein ‚Dîner en Blanc'!"
Ganz erstaunt fragt ihre Mutter:
„Was bedeutet das? Wo und wann hat das ‚Dîner en Blanc' = ‚Dinner in Weiß' eigentlich seinen Ursprung?"
Julie erklärt ihr den Ursprung:
„Das Dîner en Blanc fand zum ersten Mal 1988 in Paris statt. Ein gewisser Pascal hatte zu einem Dinner in seinem herrschaftlichen Garten eingeladen. Doch es kamen wider Erwarten so viele Gäste, dass er spontan das Fest auf den nahe gelegenen Bois de Boulogne ausweitete. Ein schöner Brauch, wie ich finde. Zum ersten Mal fand dieses Fest in Deutschland in Düsseldorf statt. Nun ist es fast überall bekannt und wird vielerorts gefeiert. Vielleicht erinnerst du dich? Bei euch im Drachensteinpark in Bonn-Mehlem entdeckten wir im letzten Jahr so eine zusammengewürfelte Gesellschaft. Alle waren in Weiß gekleidet: Frauen, Männer und Kinder.
Das Dîner en Blanc verfolgt übrigens keine politischen oder kommerziellen Ziele! Es soll nur Spaß machen. Jeder kann kommen und etwas zum Essen und Trinken mitbringen. Er sollte nur von irgendeinem Menschen eingeladen worden sein. Ich finde diesen Brauch umso faszinierender, da es heutzutage kaum noch Dinge gibt, die weder einen kommerziellen noch einen politischen Zweck verfolgen."
„Dann kann man einfach kommen und sagen: ‚Frau XY hat mich eingeladen!' Da gehen wir zu viert hin. Super! Ich freue mich schon jetzt!", meint Felicitas Wolf.

Frauengespräche

Das will Felicitas schnell ihrer ehemaligen Kollegin Marietta erzählen. Spontan ergreift sie Felix' Leine und sagt zu ihrer Tochter: „Ich gehe mal zu Marietta in ihr Café im Kattrepel. Möchtest du mitkommen?"
„Nein, Mami, ihr habt euch sicher viel zu erzählen nach so langer Zeit...Ich möchte mich auf die Terrasse setzen und lesen. Die Geschichte von Asterix, dem ‚Familienwolf Astix', erinnert mich sehr an das erste Lebensjahr von unserem Felix. Ich bin gespannt, wie es weiter geht."
So macht sich Felicitas Wolf mit Russell Felix zu zweit auf den Weg ins pittoreske Künstlerviertel Kattrepel. Marietta freut sich riesig über ihren spontanen Besuch, obwohl sie gerade ihr Buch-Café schließen möchte. Doch als Neuunternehmerin nimmt sie es nicht so genau mit den Öffnungszeiten.
„Was möchtest du trinken? Vielleicht ein Glas Rotwein? Mit Oliven und Bruschetta?"
„Ja, das ist eine gute Idee. Ich wollte noch mal genau erfahren, wie es dir so in Greetsiel geht. Wie hast du gespürt, dass diese Wende richtig in deinem Leben ist?"

Bei einem Glas Rotwein erzählt ihr Marietta, wie sie vor zwei, drei Jahren etwas in ihrem Leben ändern wollte. Alles schien so fest gefahren: der Beruf als Journalistin, ihr Privatleben nach der Scheidung von dem Vater ihrer Tochter Odile, zwar hatte sie netten Freunde, doch fehlte ein Partner. Es gab verschiedene Männerbekanntschaften, doch der Richtige war nicht dabei. Dann völlig unerwartet schlug der Blitz ein. Sie war mit ihrer Tochter Odile und ihrer Freundin Sophie in den Ferien in Greetsiel. Eines Tages standen alle drei am Hafen, als ein Krabbenkutter einfuhr. Nicht irgendein Krabbenkutter, nein, ein ganz besonderer frisch gestrichener roter Kutter mit dem Namen „Johanna". Das war der entscheidende Moment, als sie, Marietta, auf dem Schiff einen urigen Typ sah. Das war Kapitän Erik Hansen, wie sich später herausstellte. Die spontane Liebe ihres Lebens.

Felicitas hört ihrer ehemaligen Kollegin aufmerksam zu und fragt: „Wie hast du dann gewusst, dass die Entscheidung, in Greetsiel zu bleiben, richtig war?" —
„Es fühlte sich plötzlich von einem Tag auf den anderen alles so richtig an. Die Begegnung mit diesem Mann, der so ganz anders ist als mein Ex-Mann und als die Männer, die ich vorher kannte, war etwas Einzigartiges in meinem Leben. Ich fühlte mich vom ersten Augenblick an gut bei ihm aufgehoben und fühle mich jeden Tag aufs Neue geborgen."
Versonnen hört Felicitas ihrer früheren Kollegin zu und entgegnet dann:
„Auch ich bin vielleicht am Scheideweg. Mein Beruf füllt mich nicht mehr aus. Teilweise belastet er mich sogar wegen der ständig neuen Ereignisse, die auf mich als Journalistin einstürmen und von mir für die Berichterstattung aufbereitet werden müssen. Das ist manchmal einfach zu viel und zu schrecklich! Und dann ist da noch unsere Beziehung, die in einer Sackgasse gelandet ist. Mein Mann und ich sind nicht mehr auf dem gleichen Weg. Irgendwie hänge ich fest! Hast du vielleicht eine Idee?", schaut sie ihre Freundin fragend an.

„Höre auf dein Bauchgefühl. Lass dich einfach fallen. Was war das eigentlich neulich für ein toller Typ, der dich abgeholt hat?" —
„Das ist ein Mann aus meiner Vergangenheit, wie ich schon andeutete. Genau gesagt, das ist der Mann aus meinem früheren Leben. Damals waren wir sehr jung, besonders er. Und jetzt stand er plötzlich vor unserem Ferienhaus. Überraschung: Alessandro wohnt in der Ferienwohnung gegenüber. Seitdem: Katastrophe.

Mein Herz schlägt Purzelbäume, wenn ich ihn sehe, und ebenso, wenn ich ihn nicht sehe... Kennst du das Gefühl?"

„Ja, sehr wohl! Ich habe gleich bemerkt, dass euch etwas Besonderes verbindet. Ein unsichtbares Band. Aber wie ist es dazu gekommen, dass dein Mann und du euch auseinander gelebt habt. Was war der Auslöser?", antwortet Marietta mit einer Frage.

„Eigentlich fing es an, bei uns zu kriseln, als Julie in das Studentenwohnheim in Münster zog, um dort an der Universität Psychologie und Philosophie zu studieren. Du musst wissen: Unsere Tochter Julie ist das ein und alles von Mats. Diese plötzliche räumliche Trennung hat ihn völlig aus der Bahn geworfen. Er hat sich mit so viel Inbrunst wie noch nie in ein neues Wissenschaftsprojekt gestürzt. Und er vergisst alles um sich herum — auch mich. Manchmal ist es, als ob ich nicht mehr da bin."
Gerührt und traurig zugleich schaut Marietta sie an.

So sitzen die beiden Frauen noch eine Weile schweigend vor ihrem Glas Rotwein. Da unterbricht Marietta die Stille, indem sie bemerkt:
„Am Sonntag ist unten am Kutter-Hafen von Greetsiel ein Dîner en Blanc geplant. Kommt ihr auch? Ich lade euch ein."

„Ja, gerne. Ich habe gehört, jeder bringt etwas zu essen und/oder zu trinken mit. Was können wir mitbringen?"
„Zum Beispiel einen Salat, einen Teller Bruschetta, Mineralwasser, Wein, was immer euch einfällt", entgegnet die Neu-Greetsielerin Marietta.
„Ich hab' schon eine Idee: Tomaten- und Oliven-Bruschetta und eine Flasche roten italienischen *Sommerwein*", sprudelt es aus Felicitas heraus. Da nickt Marietta schmunzelnd, als wüsste sie, was dieser Wein für Fee bedeutet.

Mit Küsschen auf die Wangen verabschieden sich die beiden ehemaligen Kolleginnen. Auf dem Rückweg zur Ferienwohnung mit ihrem Parson Russell denkt Felicitas über das Frauengespräch nach. Es hat ihr gut getan, und flotten Schrittes nähert sie sich ihrem Zuhause auf Zeit. Dort auf dem roten Sofa sitzt ihre Tochter Julie und liest. Sie ist immer noch in das Buch über den Russell Asterix vertieft, der so einen berühmten Namen hat, dass er im Titel des Buches „Familienwolf Astix" eben ‚Astix' und nicht ‚Asterix' heißt, weil auf ‚Asterix' ein Titelschutz liegt wegen der bekannten Comic-Geschichten von Asterix und Obelix. Julie schaut auf und freut sich, dass ihre Mutter so aufgeräumt wirkt, ganz gleich, was auch immer der Anlass dafür sein mag.

Manchmal bewirken echte Frauengespräche wahre Wunder…

Felicitas' Traum

Am nächsten Morgen, als Julie und ihre Mutter gerade den Frühstückstisch in der gemütlichen Essecke decken wollen, klingelt es plötzlich. Gespannt und vorsichtig zugleich öffnet Julie die Wohnungstür, während ihr Parson Felix aufgeregt fast nach draußen läuft. Dann besinnt er sich eines Besseren und springt an dem unerwarteten Gast hoch. Es ist Alessandro mit einer Tüte von der Backstube in der Hand. Fee schaut ihn an und denkt bei sich: ‚Es gibt Tage, die beginnen wunderbar, und man wünscht, dass sie nie aufhören!' So ein Tag wie dieser.

„Habt Ihr Lust mit uns zu frühstücken? Frische, fast noch warme Croissants und knusprige Brötchen habe ich gleich mitgebracht", fragt der smarte Mann die beiden Damen

„Ja, gerne!", so die freudige Antwort fast wie aus einem Munde. Und dann klingelt es noch einmal. Etwas schüchtern und mit einem Fragezeichen im Gesicht betritt Henrik die Diele, einen Korb in der Hand. Mit Lebensmitteln gefüllt: als da sind: Butter, Käse, frisch gekochte Eier, Sanddorn-Marmelade aus der Region, Obst und Tomaten, 1 Gurke sowie Radieschen. Alles für ein ausgewogenes Frühstück. Eine originelle Idee, die von Julie spontan mit jeweils einem Wangenkuss für Henrik und für Alessandro belohnt wird.

Nach einem munteren Gespräch schlägt Alessandro vor:
„Habt Ihr Lust zu viert zu der Brücke an der Schleuse zu gehen, die man vom Deich aus sieht? Ganz nebenbei können wir nach unserem Segelboot auf der kleinen Werft schauen. Ich hoffe, dass es noch nicht fertig ist." —
„Das könnt ihr gerne machen!", entgegnet Julie, „Doch wir beide, Henrik und ich, fahren nach Norden. Ein weißes Outfit für mich für das Dîner en Blanc holen, das morgen am Hafen stattfindet. Vielleicht finden wir auch etwas Passendes für Henrik."

Schon stürmen die jung Verliebten aus dem Feriendomizil in Richtung Bushaltestelle.
Unterdessen leint Fee Felix an, der vor Freude an ihr hochspringt und den Gassigang kaum abwarten kann. Gemeinsam gehen die drei die Treppe hinauf zum Alten Deich. Das rote Segelboot liegt noch brav und friedlich auf der Werft. ‚Gott sei Dank, es ist noch nicht fertig gestellt!', denkt der Italiener freudig bei sich. Er kann sich nicht vorstellen, dass er Greetsiel und die beiden Damen und nicht zuletzt Felix, der ihm auch ans Herz gewachsen ist, verlassen soll.
Unterwegs kommen sie an einem niedlichen Doppelhaus vorbei. Es ist weiß mit blauen Fensterläden. Beide bleiben stehen.

„Gefällt dir das Doppelhaus?", fragt Alessandro neugierig.

„Ja, ich finde es traumhaft schön. Und ich habe auch schon einen Traum! In der einen Hälfte könnte ich ein Wohnhaus einrichten, in der anderen einen kleinen Laden mit origineller Mode und Büchern: ‚Fashion & Books'. Was meinst du?"
Alessandro strahlt vor Freude:
„Eine originelle Idee, von der wir beide träumen können…"

Während er dies sagt, gibt er ihr ganz spontan ein zartes Küsschen auf den Mund. Fee fasst sich an die Lippen und wird rot. Und das in ihrem Alter! Hand in Hand setzen die beiden ihren Weg fort auf dem Alten Deich. Felix umspringt sie freudig und scheint auch glücklich zu sein. Irgendwann entdecken sie in der Ferne den rotgelben Pilsumer Leuchtturm. Beide wissen nicht, wie weit sie noch gelaufen sind. Hand in Hand.

Es gibt Tage, die beginnen wunderbar, verlaufen wunderbar und enden wunderbar.
Das war ein ganz besonderer Tag für Felicitas, den sie nie vergessen sollte.

Julie und Henrik in Norden

Es ist ein brütend heißer Tag. Der 5. Juli 2015. Es herrscht eine gleißende Hitze, die sich sicher heute noch in einem erlösenden Gewitter entladen wird. Trotzdem ziehen Julie und Henrik los, um für das Fest am Sonntag noch weiße Kleidungsstücke zu kaufen. Mit dem Regionalbus 617, dem Urlauber-Bus, fahren sie für 2 Euro pro Person ab Schule Greetsiel in die Stadt Norden. Ein niedliches Städtchen. Auf dem Alten und dem Neuen Weg, der zum Bahnhof führt, laden zahlreiche Boutiquen zum Stöbern ein. Das macht viel

Spaß und regt die beiden zu vielen lustigen Bemerkungen an, wie die von Julie:

„Da siehst du aus wie der Bäcker von nebenan!" oder die Bemerkung von Henrik:

„In diesem süßen weißen Outfit möchte ich dich am liebsten von der Stelle weg heiraten! Bevor ein anderer dies tut. Ganz in Weiß!"
‚Wie ist das denn gemeint? ', fragt sich die junge Dame im Stillen. ‚Ist das ein geheimer Wunsch? Soll das ein moderner Heiratsantrag sein? '

Mit vier Tüten in der Hand, eng umschlungen und herumalbernd, landen die beiden Verliebten schließlich in einem Straßencafé, vor dem einladende Korbstühle stehen. Beim Streifen durch eben dieses Café mit einem verlockenden Kuchen- und Konfektbuffet gelangen sie auf der ersten Etage zu einer Dachterrasse. Das Sofa dahinten scheint der richtige, ein wenig versteckte Kuschelplatz für sie zu sein. Ausprobieren! Bei Cappuccino und leckerem Himbeerkuchen mit Sahne beginnt der gemütliche Teil des Besuches in der Stadt Norden. Neben der Cappuccino-Tasse liegt ein längliches Plätzchen. Julie nimmt es spontan zwischen ihre gespitzten Lippen und flüstert neckisch mit einer süßen Aufforderung:

„Mein Kuschelbär, möchtest du ein Stück Plätzchen haben?" —
„Ja, sehr gerne!", flüstert Henrik, der besagte Kuschelbär, zurück. Irgendwie scheint ihm dieser Kosename zu gefallen, denn er protestiert nicht. Und eh die junge Frau sich's versieht, schenkt ihr der junge Mann ein spontanes Küsschen und ergreift dabei das Plätzchen. Erst ein Kuss, dann 2 Küsse, dann 3. Die beiden wollen gar nicht mehr aufhören. Mit jedem Kuss rückt Henrik, der eigentlich sehr schüchtern ist, ein wenig näher an seine frisch eroberte Freundin heran und wagt schließlich einen Blick in den Ausschnitt ihrer leicht geöffneten Sommerbluse. Am liebsten möchte er noch einen weiteren Knopf öffnen. Doch da erscheint plötzlich die dunkelhaarige Servierrin mit der Frage:

„Kann ich noch etwas Gutes für Sie tun?"

„Nein, wir sind wunschlos glücklich!", entgegnen die beiden wie aus einem Munde, sich verliebt anschauend.

So vergeht die Zeit wie im Fluge. Irgendwann merken die beiden frisch Verliebten, dass es Zeit ist, den Heimweg nach Greetsiel in ihre jeweilige Ferienwohnung anzutreten. Nach einer entspannten Busfahrt zur Station Greetsiel Schule und einem Rückweg durch die belebte Mühlenstraße mit ihren süßen Lädchen und Boutiquen entdeckt Henrik im Vorbeigehen einen leichten Schal in zartem Rosé mit weißen Punkten auf einem Ständer vor einer Boutique. Kurz entschlossen ergreift er das Tuch und geht in die Boutique, um es spontan zu kaufen.

„Das ist für dich, liebste Julie. Dieser Schal soll dich immer an den heutigen wunderbaren Tag erinnern!" ♥

„Danke, mein kleiner Poet."

Mit vier großen Tüten bepackt, stehen die beiden schließlich vor dem *Piratennest* und dem *Skipper Asterix*. Jeder geht in seine Ferienwohnung. Sehnsuchtsvolle Blicke zum Anderen werfend.

Dîner en Blanc — Der Unbekannte

Es gibt Tage, die beginnen wie auf Wolke 7 und enden in der Hölle.
Salzige Nordseeluft — frischer Wind — pikanter Geruch von frischen Krabben — Möwen, die kreischend über dem Hafen kreisen — leise Musik in der Ferne. Das ist der Beginn einer unheilvollen Nacht!

Als Felicitas, Julie, Alessandro und Henrik an der unteren Wiese ganz hinten am Hafen ankommen, sind sie begeistert. Alle Tische sind weiß gedeckt, mit Tellern, Gläsern, Besteck und Servietten versehen. In der Mitte befinden sich zwei Tische, die als Buffet aufgebaut sind. Jeder stellt seinen mitgebrachten Picknickbeitrag auf einen dieser Tische. Auf einem dritten Tisch stehen Getränke, wie Mineralwasser, Säfte, Bier, Wein. Das sieht alles sehr lecker aus, und die vier Feriengäste stellen ihre Salate, Bruschetta, selbstgemachtes Tiramisu, eine Käseplatte und Baguettes dazu. Als Getränke haben sie Wasser und Wein mitgebracht. Doch eine geheimnisvolle Flasche Rotwein nimmt Alessandro heimlich, still und leise mit an den Tisch.
Auf der Suche nach einem geeigneten Tisch entdeckt Felicitas plötzlich Marietta mit einem sympathischen, urig aussehenden Mann. Das muss Erik Hansen sein! Und wer sitzt denn neben den beiden. Mariettas Freundin Sophie, daneben zwei süße Kinder und ein offensichtlich stolzer Papa. Der Papa ist Ole, die Kinder sind Claire Sophie und ein kleiner Junge namens Erik Ole. Sophie und Ole hatten sich in Greetsiel am Hafen kennen gelernt, ineinander verliebt und schließlich auf dem Pilsumer Leuchtturm geheiratet. Eine wunderschöne Liebesgeschichte! — erzählt im Buch „Verliebt in Greetsiel" — Ein Nordsee-Roman.

Bei der Traumhochzeit vor der zauberhaften Kulisse der Nordsee-Landschaft hat sich Claire Sophie bereits durch lebhafte Tritte im Bauch ihrer Mutter gemeldet. Sie war also auch schon dabei. Vor etwa 14 Monaten erblickte dann Erik Ole das Licht der Welt. Seine Eltern nannten ihn nach seinem Großvater Erik Ole, den Ole hier am Hafen von Greetsiel nach langem Suchen überall in der Welt endlich gefunden hatte. Es ist Kapitän Erik Ole Hansen, der Lebensgefährte von Marietta. Greetsiel ist somit für die junge Familie ein schicksalsträchtiger Ort.

Nach einer freudigen Begrüßung und Vorstellung nehmen alle an dem länglichen Tisch ganz nahe am Wasserlauf Platz. Alle sind in Weiß gekleidet. Besonders süß und originell sind die Kleider von Sophie und Töchterchen Claire Sophie, beide mit Spitzeneinsätzen am eckigen Ausschnitt und an den kurzen Ärmeln. Jedoch ist die Spitze in zartem Rosé gehalten. Übrigens Russell Felix findet auch eine kleine Hundefreundin, denn Sophie hat ihre Parson-Russell-Hündin Ariana, genannt Jani, mitgebracht. Nun ist für die beiden Hunde kein Halten mehr. Sie toben und schmusen.

Während sich Felicitas dieses Familienbild anschaut, macht sie sich ihre Gedanken:
‚Unsere Welt ist aus den Fugen geraten: Kriege überall, Völkerwanderungen, Verkehrschaos, Umweltverschmutzung, Klimawandel und vieles mehr. Wie mag die Welt einmal für Erik Ole und für Claire Sophie aussehen? Wird die kleine, feine Welt hier in Greetsiel in Ordnung bleiben?
Romantisch, nostalgisch, ländlich — wird es so ein Fischerdorf noch in 20 Jahren geben, wenn die beiden Kinder erwachsen sind? Niemand weiß es. Vielleicht kommt alles aber auch ganz anders. Die Menschen leben in der ganzen Welt friedlich miteinander. In ihrer alten Heimat bauen sie sich vielleicht eine eigene Landwirtschaft auf, vertreiben ihre eigenen Waren. Und es gibt immer mehr Menschen, die das zu schätzen wissen. Umweltschutz wird groß-

geschrieben. Auf den Straßen Fahrräder und Elektromobile; Solar- und Windenergie allerorts. Und das Geld ist wirklich nur noch ein Zahlungsmittel, so wie früher in alten Zeiten es Gewürze und Naturalien waren. Der Konsumwahn ist keine Philosophie, kein Lebensinhalt mehr! Das wäre schön.
Geld und großes Kapital haben ihren Nimbus verloren. Was zählt, das sind ganz andere Werte wie Familie, Freundschaft, Heimat, Naturschutz, artgerechte Tierhaltung; Zeit, Augenblicke, Träume, Sehnsucht. Und Bücher! Bücher werden immer wichtiger…'

Da plötzlich stößt Alessandro seine Traumfrau an und meint:
„Hast du dich in Gedanken verloren? Nimmst du uns mit in deine Träume?"
Bei diesen Worten zieht er seine geheimnisvolle Weinflasche hervor. Er stellt sie auf den Tisch und öffnet sie bedeutungsvoll. Ein Montepulciano d'Abbruzzo! Ein *Sommerwein!* Dann spontan läuft er hinüber zu der Band und flüstert dem Sänger und der Sängerin etwas ins Ohr. Fee schaut ihn gespannt an. Und die anderen am Tisch merken auch, dass etwas in der Luft liegt. Sie warten und halten inne.

Da erklingt die Musik. Die Band spielt ein Lied, das wohl alle kennen.

♥ „Summerwine" ♥

Alessandro fordert Fee zum Tanz auf, und alle hier am Tisch wissen, dass das ein besonderes Lied für die beiden ist. Ihr Lied. Innig umschlungen tanzen sie zu dem bekannten Lied, das eins Frank Sinatra mit seiner Tochter Nancy Sinantra gesungen hat. Unvergesslich. Unforgettable…

Das wird für alle Anwesenden — oder fast alle hier bis auf einen Gast— ein genussvoller Abend mit all den mitgebrachten Leckereien, Salaten, Pizza, Pasta, Baguettes, Süßspeisen, und Getränken, wie Bier, Wein, Mineralwasser, Küstennebel, der natürlich an der Küste nicht fehlen darf. Mit der temperamentvollen Musik, gespielt von einer bekannten Band, gesungen von einer charmanten Sängerin und einem jungen, unbekannten Sänger. Wundervolle Abendstimmung, es kommt ein leichter Wind auf, die Sonne geht allmählich unter, und es wird romantisch. Dieses Dîner en Blanc, ein wunderschönes weißes Bild am blauen Hafen mit den circa 25 bunten Krabbenkuttern. Julie und Henrik sitzen eng umschlungen irgendwo an der Seite, wo sie vermeintlich ungestört sind.

Dann auf einmal, wie aus dem Nirwana, taucht ein wirklicher Beau auf. Ein blonder junger Mann mit etwas längerem blonden Haar, im Winde wallend. Das muss der Dorf-Beau von Greetsiel oder von Pilsum sein. Er trägt ein eng anliegendes weißes Polohemd, das mit dem Krokodil. Seine toll gebräunten, wohl regelmäßig trainierten Arme kommen in diesem Outfit gut zur Geltung. Dazu eine weiße 5-Pocket-Jeans in der aktuellen schmalen Form. Alle Damen, ganz gleich, ob jung oder 30 plus oder auch 50 plus, sind hin und weg. Alle weiblichen Blicke verfolgen die smarte Erscheinung des jungen Mannes mit dem sportlichen Körper. Jede hofft und denkt: ‚Vielleicht fordert der Jüngling mich zum Tanz auf.' Die Musik spielt: „You are so beautiful!" von Lionel Richie, hier gesungen von dem unbekannten jungen Sänger. Der Beau steuert geradewegs auf Julie zu, obwohl diese total versteckt auf einer Bank zusammen mit Henrik sitzt. Doch das scheint ihn nicht zu stören. Ungeniert bittet er Julie zum Tanz, so als würde er diese junge Dame seit Urzeiten kennen...

Ein romantischer Tanz. Innig und eng aneinander geschmiegt gleiten die beiden wie in Trance dahin. Wie der junge Mann Julie anschaut! Bei jedem Blick wird Henrik eifersüchtiger. Wie die beiden sich bewegen! Die Eifersucht wächst. Gleichzeitig rutscht die

Hand des fremden Tänzers immer tiefer auf Julies Rücken entlang. Der Fremde zieht sie immer fester an sich! Katastrophe! Wahnsinn! Henrik kann das nicht ertragen.
Schließlich läuft der junge Student weg auf den Alten Deich. Er will nur weg von diesem schrecklichen Ort, weg aus dieser schrecklichen Situation!
Auf der einen Seite Henriks frisch aufkeimende und zart entstehende Liebe zu Julie. Auf der anderen Seite dieser fremde Mann! Scheinbar grenzenlos! Ohne Hemmungen!

Das Segelboot ist startklar

Am Morgen nach dem Abend, der für Alessandro einmalig schön, für Henrik dagegen unheimlich schrecklich war, erhält Alessandro einen Anruf von der kleinen Greetsieler Werft. Die Nachricht — irgendwie vergessen und nicht mehr erwünscht:

Das Segelboot ist startklar für die Reise nach Irland! Nun heißt es wohl Abschied nehmen. Alessandro ist unheimlich traurig. Denn er hat sich erneut in Fee verliebt und möchte nicht ohne sie weiterziehen.
Alessandro kämpft mit Tränen in den Augen, als er Felicitas bittet, sich am Nachmittag mit ihm wieder einmal im Leeger Park zu treffen. Dort, wo sie sich ganz zu Anfang ihres unerwarteten Wiedersehens getroffen haben. In dem beschaulichen, ruhigen Park, hinter der kleinen Dorfkirche an einem Wasserlauf gelegen, auf dem schmale Kähne, voll beladen mit Gästen vorbeifahren. Die Landschaft mutet ein wenig an wie ein Wäldchen im Spreewald.

Alessandro will seiner wiedergefundenen Liebe sagen, was er denkt und fühlt:
„Ich möchte noch einmal mit dir im Leeger Park auf einer Bank sitzen und träumen.
Ich möchte noch einmal mit dir auf Norderney am Meer sitzend ein Glas Wein trinken: *Sommerwein*.
Ich möchte mit dir in die Zukunft segeln…" ♥

Mit diesen Worten begrüßt der smarte Italiener seine deutsche Freundin am frühen Nachmittag des Tages vor der geplanten Abreise.
Dieselbe magische Anziehung wie beim ersten Kennenlernen. Alessandro schaut Fee ständig an. Die beiden flirten, lachen, lassen sich nicht mehr aus den Augen…Magie pur!

Fee nimmt seine Hand und sagt:
„Wir können träumen, doch mehr kann ich dir nicht geben. Ich bin verheiratet, wie du weißt. Ich kann und will meinem Mann nicht untreu werden! Du hast mir damals in Berlin an diesem denkwürdigen Tag im Jahre 1989 auch gestanden, dass verheiratete Frauen für dich tabu sind. Wir dürfen uns auch nicht wiedersehen. Auf keinen Fall sollten wir das planen. Lass uns ein Wiedersehen dem Zufall überlassen!"
Während Fee dies sagt, kommt sie ihm sehr nah. Da ist er wieder dieser Duft von Bitter-Orange. Dieser Duft, der er schon in dem italienischen Fischerdorf gerochen hat. Damals vor 30 Jahren.

Da plötzlich völlig unerwartet ein heftiges Donnern. Die ersten Blitze pfeifen durch den kleinen Leeger Park. Alessandro ergreift Felicitas' Hand und zieht sie mit sich. Sie laufen so schnell sie können. Da ist ein kleines Gartenhaus. Zufällig steht die Tür offen. Und um sich vor den Blitzen und dem inzwischen heftig gewordenem Regen zu schützen, betreten beide schnell das Häuschen und schließen die Tür. Das Gewitter wird immer stärker. Alessandro hört Fees Herzschlag. Er muss sie beschützen. Ein Augenblick Nähe. Ein Augenblick Liebe! Und dann ist da immer wieder dieser schnelle Herzschlag. Ist das Angst? Angst vor dem Gewitter? Oder Angst vor dem inneren Gewitter? Der Italiener drückt sich an Fee wie damals Romeo an seine Julia. Sie spürt seine Männlichkeit und ist total aufgewühlt... Doch es darf nicht passieren...

Abschied

Am Kai des kleinen Yachthafens stehen Felicitas und Alessandro. Als die Segelyacht langsam abfährt, gehen beide wieder in ihr eigenes Leben zurück. In ihren Alltag. Fee in ihr Leben mit den kleinen und großen Fragezeichen im privaten und beruflichen Bereich. Alessandro in sein Leben, das oft oberflächlich ist und ab und zu von einer Affäre unterbrochen wird. Und in das Berufsleben eines Zeitungsfotografen, das oft sehr aufreibend ist. Doch vorher hat er noch diese entspannende Segeltour mit Henrik geplant.

Julie und Henrik schauen sich an. Julie versucht ganz zart Henrik anzulächeln, doch Henrik weiß nicht, was er davon halten soll...
Werden die beiden jung Verliebten sich jemals wiedersehen. Julie studiert in Münster, Henrik in München. Und der Abend des Dîner en Blanc hat alles durcheinander gebracht, gleichsam alles für Henrik in Frage gestellt. Er weiß immer noch nicht, wer der geheimnisvolle Unbekannte ist, mit dem Julie am Ende des Abends so innig getanzt hat. So als würden die beiden sich schon lange kennen. Oder so, als sei plötzlich der Blitz eingeschlagen. „Coup de foudre" — wie man im Französischen sagt.

Die rote Segelyacht legt ab und nimmt Kurs auf Irland bei einer leichten Brise.

Wie lange sie noch am kleinen Yachthafen gestanden haben, das wissen Felicitas und Julie nicht. Irgendwann haben sich Mutter und Tochter in dem gemeinsamen Abschiedsschmerz umarmt. Tränen. Unendliche Traurigkeit. Ungewissheit.
Zwei Tage später fahren sie dann wieder nach Bonn. Zu Hause wartet Mats, Felicitas Ehemann und Julies Papa. Zwar ist er ein wenig gespannt, wartet schon und freut sich. Doch er scheint sehr nachdenklich zu sein.

Krise

Inzwischen haben die politischen Ereignisse auch das entfernteste Dorf eingeholt, sicher auch Greetsiel. Unzählig viele Flüchtlinge kommen nach Deutschland und in andere europäische Länder. Vor allem Flüchtlinge aus Kriegsgebieten in Syrien, auch Flüchtlinge aus Afghanistan, dem Irak, aus Afrika und anderen Ländern. Schon seit längerem hatte Mats über sein Leben nachgedacht. Und er hatte den Wohlstand in Frage gestellt, in dem er und seine Familie lebten. Weil er privilegiert ist, hatte er sich schuldig gefühlt angesichts des Elends in vielen Ländern der Welt. Schon immer hatte er sich für Afrika interessiert. Jetzt in diesen schwierigen Zeiten hatte ihm ein Freund, ein junger Arzt, von einem Projekt erzählt. Eine Gruppe von einigen Männern und Frauen wollte helfen. Neben dem Arzt gab es einen Unternehmer, einen Banker, eine Lehrerin und einen oder mehrere Handwerker, vielleicht auch eine Buchhalterin. An einem sonnigen Spätsommerabend kam ihnen bei einem Treffen in einem Biergarten am Rhein, genau gesagt im Panoramapark an der Bastei, der Gedanke nach Afrika, vielleicht nach Mali zu gehen, um dort zu helfen. Mats selbst hatte den Gedanken, dort eine mittelständische Industrie aufzubauen. Kleine Handwerksbetriebe zu fördern, eine Bank zu gründen, die Kinder zu unterrichten. Alles in allem ein dörfliches Zentrum zu errichten, natürlich in ganz enger Zusammenarbeit mit den Einheimischen und nach deren Wünschen und Vorstellungen. In langen Gesprächen bei Rotwein von der Ahr und einer Käseplatte von artgerecht gehaltenen Milchkühen wurden die Ideen immer konkreter. Sie reiften dann in den nächsten Tagen und führten zu einem konkreten Plan. Die Gruppe will helfen, und zwar möglichst schnell.

Bei ihrer Ankunft zu Hause stellt Felicitas fest, dass ihr Mann verändert ist. Nachdenklich. Ernst. Sie spürt direkt, dass ihn etwas beschäftigt, dass er etwas mit sich herum trägt. Auch Julie erkennt diese Veränderung. Selbst Parson Russell Felix spürt, dass nichts mehr so ist wie früher. Doch beide Frauen sagen zunächst nichts. So ist denn die Stimmung sehr gedrückt. Und die Wiedersehensfreude ist getrübt. Das ist fast wie ein innerer Abschied. Dieses Gefühl befällt Felicitas, als sie ihren Mann vor dem Gute-Nacht-Kuss noch einmal anschaut.
Einige Tage vergehen. Der Alltag kehrt wieder ein, und das Leben scheint seinen normalen Gang wieder aufzunehmen. Alltagstrott. Wäre da nicht diese Kälte, diese bedrückende Kälte zwischen ihnen. Dann an einem verregneten Sonntagmorgen durchbricht Felicitas das Schweigen und sagt:

„Wir müssen reden." Mats nickt zustimmend.

„Heute Nachmittag. In aller Ruhe. Lass uns spazieren gehen. Beim Gehen kann man am besten seine Gedanken ausdrücken", entgegnet der Mann.

„In Ordnung!", so lautet die kurze Antwort der Frau.
Am Nachmittag fahren die beiden mit dem Fahrrad zum Panoramapark in Bonn-Bad Godesberg an der Fähre nach Niederdollendorf.

Aussprache

Was dann kommt, ist für die Ehefrau wie ein Hammerschlag! Ganz unerwartet trifft es sie. Sie, die gerade beschlossen hatte, ihrer Ehe noch einmal eine Chance zu geben. Noch einmal alles zu versuchen, um gemeinsam mit ihrem Mann alt zu werden. Dies war immer ihr Traum gewesen.
Im Basteipark stellen sie die Fahrräder ab, schließen sie sorgfältig an einen Laternenpfahl und schlendern zu einem schnuckeligen Café-Auto, um dort zwei Espresso Doppio und leckere Makronen zu bestellen. Das hatten sie schon oft sonntags gemacht. In ihren besten Zeiten. Doch heute war alles anders. Nichts war mehr, wie es vorher war. Zögernd beginnt Mats das Gespräch:

„Der Sommer ist vergangen. Und es scheint, dass mit dem Sommer auch unsere Liebe vergangen ist."
Damit hatte Felicitas nicht gerechnet. Auch sie hatte gemerkt, dass ihr Mann sich in sich zurückgezogen hatte. Seit längerem schon.
„Ist es, weil Julie nach Münster zum Studium gegangen ist? Seitdem kommst du mir verändert vor. Obwohl — Julie ist nicht…"
„Bitte sprich nicht weiter", fällt Mats ihr ins Wort. „Ich weiß, und ich habe es so gewollt."
Das ist nun für Felicitas völlig unverständlich, und sie muss erst in Ruhe darüber nachdenken. Was meint ihr Mann wohl mit dieser Äußerung? Weiß er alles? Und was hat er gewollt.
Mats fährt fort:
„Ja, es hat sicher damit zu tun, dass unsere Julie nicht mehr bei uns wohnt. Doch da ist noch etwas Anderes. Ich kann dieses Leben im Wohlstand nicht mehr leben. Es ist nicht mehr meins. Wir beide sind nicht mehr auf gleichem Weg. Es ist, als ob wir nicht mehr in die gleiche Richtung schauen."

Nachdenklich schaut Mats in die Ferne:

„Und da gibt es noch etwas. Gemeinsam mit einer Gruppe Gleichgesinnter möchte ich in ein Land in Afrika gehen, um den Menschen dort vor Ort zu helfen, damit sie nicht ihre Heimat aus irgendwelchen Gründen verlassen müssen. Denn Heimat ist ein wichtiges, einmaliges Gut. Unwiederbringbar. Das habe ich gemerkt, als ich Vertriebene getroffen habe, die zum Beispiel aus ihrer Heimat Ostpreußen vertrieben wurden und irgendwie in Gedanken immer noch dort leben. Oft sind diese Menschen ihr Leben lang auf der Suche nach ihrer Heimat, die sie woanders nicht finden. Es bleibt ihnen nichts anderes übrig, als mit dieser Sehnsucht zu leben.

Doch den Menschen in Afrika können wir mit unserem Know-How helfen, eigene Dorfgemeinschaften mit ihren ureigenen Strukturen aufzubauen. Und im Rahmen eines fairen Handels können wir wirtschaftliche Beziehungen zu europäischen Ländern, und nicht zuletzt zu Deutschland fördern. Das ist das Ziel unserer Gruppe! Dann brauchen sich die Menschen dort gar nicht erst auf den Weg in die Fremde zu machen. Zum Beispiel in das ferne Europa mit einem anderen Klima, einer ihnen fremden Kultur und vielleicht auch fremden Religion. Sie können in der vertrauten Umgebung bei ihrer Familie bleiben."

„Fürwahr das ist ein heeres Ziel, und ich kann dich irgendwie verstehen. Doch was ist dann mit uns?", entgegnet Felicitas mit traurigen Augen. Es ist Herbst. Die bunten Blätter fallen. Fast wie im Herbst des Lebens.

„Was mit uns geschieht, weiß ich nicht. Vielleicht muss das die Zeit entscheiden", traurig schaut Mats seine Frau an.

Drei Wochen später fliegt er mit seiner Gruppe nach Mali in Afrika, um dort gemeinsam das Projekt „Afrika — Hilfe zur Selbsthilfe" zu starten. Das ist ein trauriger Abschied.

Neubeginn

Felicitas startet in ein neues Leben. Doch zunächst muss sie mit dieser plötzlichen Entscheidung ihres Mannes klar kommen. Merkwürdig ist, dass sie gerade den Roman von Jean Echenoz „JE M'EN VAIS" = „Ich gehe jetzt" liest. Er beginnt mit den Worten:
„Je m'en vais, dit Ferrer, je te quitte. Je te laisse tout mais je pars" = „Ich gehe, sagt Ferrer, ich verlasse dich. Ich überlasse dir alles, aber ich fahre weg." Das sind ähnliche Worte, wie ihr Mann Mats sie beim Abschied gesagt hat.
Immer wieder fragt sie sich, warum das alles so gekommen ist. Oder hat er etwas gespürt, geahnt, vielleicht sogar gewusst?

Immer wieder ertappt sie sich dabei, wie sie an die Zeit mit Alessandro denken muss. Das war ein ganz besonderer Moment, als sie in Greetsiel aus dem Fenster der Ferienwohnung sah und ihn entdeckte. Nach so langer Zeit. An diesem besonderen Ort eine unerwartete Begegnung. Und die Erinnerung ist einmalig schön. Es gibt Augenblicke, da merkt man erst später, dass sie eine große Bedeutung für das eigene Leben haben.

Derweil stürzt sich Felicitas in ihrem Beruf als Journalistin in neue Bereiche, in neue Abenteuer. Umweltschutz – Klimawandel: das ist ein Thema, das sie schon immer gefesselt hat. Da gibt es ein Projekt in Bonn-Mehlem. Vor etwa fünf Jahren gab es plötzlich an einem Sommertag einen sehr heftigen Starkregen. Die Folge war, dass der Mehlemer Bach über seine Ufer trat und sich wie ein kräftiger Wasserfall ausbreitete. Teilweise war er zehn Meter breit, riss alles mit sich, geriet völlig aus den Fugen, verbreitete sich und nahm die anderen Straßen, wie die Kollgasse, teilweise die Kriemhildstraße und die Schlossallee mit ein. Dies mit unerwarteten

schrecklichen Folgen für die Anwohner. Damit sich dies nicht wiederholt, wurde ein neues Projekt geplant. Der Bau eines Entlastungskanals. Im wunderschönen Drachensteinpark oder auch Rosenpark genannt, obwohl es dort leider keine Rosen gibt.
Hierzu gibt es Pro und Kontra.

Pro:
Viele Bürger und Politiker hoffen, dass der Bau eines Kanals von circa 3,60 m x 3,60 m x 315 m, also 4082,4 cbm eine Entlastung für den Mehlemer Bach bringt. Aber ist das wirklich so? Sucht sich ein Bach im Ernstfall nicht seinen eigenen Weg?
Kontra:
Der Drachensteinpark ist das letzte kleine Paradies in Bonn-Mehlem. Mitten drin im Chaos! Auf der einen Seite: Ständig zunehmender Autoverkehr an der Mainzer Straße mit ständig zu hohem CO_2 und N_2O-Ausstoss, insbesondere durch die immer häufiger gekauften und gefahrenen SUVs. Auf der anderen Seite: Ständig zunehmender Radverkehr, die sogenannte „Tour de France", auf der Rheinpromenade, die für Familien mit Kindern, Paare, Menschen mit Hunden keine richtige Promenade zum Entspannen mehr ist.

Bei den in diesem Sommer oft erlebten zu hohen Ozonwerten mit Atemschwierigkeiten und Atemwegserkrankungen für die Bürger wurde im Radio stets empfohlen, sich im Grünen aufzuhalten, um dem Umweltschmutz zu entfliehen. Und dann sollen noch Bäume im Park geopfert werden!
Eine Stilllegung des Parks für längere Zeit, um die geplanten Kanalbauarbeiten durchzuführen, würde den Mehlemer Bürgern und vielen Menschen, die eigens wegen des Parks hierher kommen, die letzte Oase in der heute immer mehr verschmutzten Welt nehmen und nicht zuletzt den Tieren ihren Lebensraum.

Deswegen wurde von Bürgern die Initiative „Rettet den Drachensteinpark" gegründet. Auf jeden Fall müssen die Bäume gerettet werden.

So der Hintergrund. Die Journalistin stürzt sich in die Arbeit. Sie recherchiert und recherchiert über Bestimmungen zum Artenschutz, über gesetzliche Hintergründe, über ähnliche Kanalbauten und schließlich über den Klimawandel. Sicher ein wenig tut sie das auch, um sich selbst abzulenken. Von ihren ganz persönlichen Sorgen. Da ihr Mann Mats nun in Afrika ist, hat sie auch viel Zeit, unendlich viel mehr Zeit als zuvor. Und bei all dem liegt Parson Russell Felix in seinem kuscheligen Körbchen neben dem Schreibtisch und schläft. Er weiß, dass Frauchen das Haus jetzt nicht verlässt und ist total entspannt.

Da plötzlich und unerwartet schneit eine E-Mail ins Haus. Diese besondere E-Mail landet im Mail-Postfach, während sie gerade intensiv am Laptop arbeitet. Sie hat folgenden Wortlaut:

„Salut liebe Mami,

hast Du vielleicht Lust und Zeit, ganz spontan nach Greetsiel zu fahren? Gemeinsam mit mir in unsere Lieblingsferienwohnung *Skipper Asterix* direkt am Hafen? Da Papa jetzt in Afrika ist, hast Du doch sicher Zeit und freust Dich über meinen Vorschlag. Der Sohn des Schäfers, hat mich gefragt, ob ich nach Greetsiel kommen kann, lieber heute als morgen. Es brennt. Sein Vater, der alte Schäfer, ist krank und kann für einige Zeit die Schafe nicht mehr hüten. Dabei würde er sich sehr über meine Unterstützung freuen. Da möchte ich Feuerwehr spielen, also ihm helfen.
Was meinst Du? Ich fände es supertoll, wenn Du auch nach Greetsiel kommst!
Ciao und liebe Grüße
Deine Julie"

E-Mail an Julie:

„Liebes Töchterchen,
das ist eine tolle Idee. Ich denke, dass ist die beste Idee, die Du je gehabt hast! Natürlich komme ich mit. Und Felix auch. Er schaut oft in Deinem Zimmer nach, ob Du da bist. Und kommt nach seiner Suche nach Dir ein wenig traurig aus Deiner Tür, wie ich meine... Können Hunde traurig sein? Ja, wenn sie lachen können, dann können sie auch traurig sein.
Ciao, bis bald
Deine überglückliche Mami"

Greetsiel — wir kommen

Vor Freude über diesen Vorschlag möchte die Journalistin fast in die Luft springen. Stattdessen läuft sie in den Keller, um dort auf ihrem Heimtrainer, dem Ergometer, zehn Minuten Rad zu fahren. Das macht Spaß, und sie kann so ihre große Freude ein wenig bändigen, ein wenig kanalisieren. Greetsiel ist der Ort, in dem sie im Sommer sehr glücklich war. Greetsiel ist der Ort, an den sie wieder zurückkehren möchte. Es ist Felicitas' ganz eigener Wohlfühlort.

Es ist ein grauer Novembertag, als Felicitas und ihre Tochter Julie am Nachmittag in derselben Ferienwohnung *Skipper Asterix* wieder ankommen. Wie vor einigen Monaten im Sommer. ‚Kann man die Zeit wieder zurückdrehen?' — Das fragt sich auch Julie. Im Sommer war sie unendlich glücklich hier mit Henrik. Nur am letzten Abend vor der Abreise kam der Bruch. Seitdem hat sie nichts mehr von Henrik, ihrer Sommerliebe, gehört. Henrik hatte ja auch allen Grund dazu nach ihrem letzten Tanz mit dem Unbekannten. In der lauen Nacht des Dîner en Blanc am Greetsieler Hafen. Das war ein leidenschaftlicher Tango. Irgendwie kann sie ihn verstehen.

So als freue sich das Fischerdorf Greetsiel über die Ankunft der beiden Damen und des wilden Parson Russells Felix, blinzelt plötzlich ganz unerwartet die Sonne durch die bunten Blätter der Bäume.
„Lass uns als erstes zum Hafen gehen!", meint Julie, schnappt sich Felix und hakt ihre Mutti unter. Schon geht's los. Es sind nur wenige Kutter im Hafen. Die Möwe Grete, die wohl jeder Greetsiel-Besucher kennt, sitzt auf der Mauer, so als säße sie auf der Lauer. Nach was denn? Nach Brotkrümeln oder einem Stückchen Waffel von dem tollen Eis aus der dänischen Eis-Boutique am Hafen, die sicher jeder kennt. Doch die Eis-Boutique ist geschlossen an diesem grauen Novembertag.
Die beiden Frauen spazieren auf dem Alten Deich entlang und genießen den Blick zur Brücke hinten am Wasserlauf. Immer wieder wunderbar! Dann öffnet sich ihnen hinter der Kurve am Hellinghus ein herrlicher Ausblick in Richtung Nordsee und Pilsumer Leuchtturm. Auf dem Rückweg von diesem ersten Spaziergang setzen sich die beiden auf eine Bank, und Felicitas nimmt Felix auf ihren Schoß, weil es im November gegen Abend schon ein wenig frisch auf der Erde ist.
Irgendwann sagt Julie mit verhaltener Stimme:

„Ich weiß nicht, wie lange wir hier gesessen haben und geträumt haben. Ich weiß nur, dass es einen Ort gibt, an den wir immer wieder gerne zurückkehren."

Besuch bei Marietta

Am nächsten Morgen beim Frühstück am gemütlichen Esstisch — wieder wie damals mit frischen Croissants und Brötchen und frisch gebrühtem Ostfriesentee — sagt Julie plötzlich:
 „Schade, dass es jetzt nicht klingelt und Alessandro und Henrik hereinkommen so wie im Sommer. Die Zeit mit den beiden Männern war einmalig schön! Findest du das nicht auch, Mami?"
Felicitas lächelt. Ein trauriges Lächeln. Julie spricht ihr aus dem Herzen. Seitdem sie hier in Greetsiel ist, muss sie immer wieder an Alessandro denken. Wie mag es ihm wohl gehen? Wie mag es den beiden wohl gehen? Sind sie noch auf Segeltörn in Irland, wie sie es geplant hatten?
Gegen Ende des Frühstücks besprechen Mutter und Tochter ihre Pläne für den ersten Tag im Fischerdorf. Julie möchte direkt mit dem Fahrrad zum Junior-Schäfer Robin fahren, um ihm beim Hüten der Herde zu helfen, zumal sein Vater, der alte Schäfer krank und bettlägerig ist.
Felicitas dagegen macht sich auf den Weg zu ihrer früheren Journalisten-Kollegin Marietta, die seit einiger Zeit aus ihrem alten Job ausgestiegen ist und im Kattrepel das kleine gemütliche Bücher-Café namens *„Mariettas Buch-Bar"* betreibt, wo Fee sie schon im letzten Sommer besucht hat. Wie mag es ihr inzwischen ergangen sein? Mit Russell Felix im Schlepptau zieht sie frohen Mutes los. Links vom skandinavischen Doppelhaus geht's in Richtung Hobbingsweg, dann in den Kalvarienweg im Dorf. Dort muss sie als modeinteressierte Frau noch schnell einen Blick auf das Schaufenster und in den Laden der Boutique „57°Nord 8° Ost" werfen. Eine Bluse in roséfarbenem Vichy-Karo hat es ihr besonders angetan. Weiter geht's am *Hohen Haus*, dem schmucken blauen Restaurant vorbei, das in alten Zeiten das Hohe Gericht war. An der Kirche vorbei über die kleine Brücke führt ihr Weg sie an schnuckeligen

Lädchen vorbei ins Kattrepel, ein Viertel an einem kleinen Seitenkanal.

Da plötzlich springt Felix an ihr hoch. Einerseits mag er erkannt haben, dass sie hier schon einmal waren und dass ihre Freundin Marietta hier wohnt, andererseits möchte der verspielte Hund sie wohl ermahnen, vor dem Besuch noch ein wenig Gassi zu gehen. Er muss doch auch Zeitung lesen, nach den neuesten Nachrichten schnüffeln.

Am Morgen hatte Fee ihrer Freundin eine SMS geschickt, um ihren Besuch anzukündigen. Groß war die Freude auf Seiten von Marietta. So steht sie schon am Eingang ihres Buch-Cafés und begrüßt Felicitas mit den berühmten drei Küsschen abwechselnd auf die Wangen, so wie sie es beim letzten Treffen im Sommer auch getan hatte. Bei einem köstlichen doppelten italienischen Espresso erzählen die beiden Frauen sich von vergangenen und jetzigen Zeiten. Als Marietta hört, dass Fees Mann Mats seit kurzem in Afrika ist, um dort an einem Hilfsprojekt mitzuarbeiten, schaut sie erstaunt und fragt:

„Wie geht es dir dabei? Wie empfindest du die plötzliche Einsamkeit, insbesondere da deine Tochter Julie nun in Münster studiert und nur alle 14 Tage oder noch seltener nach Hause kommt?"

„Das ist ein ganz neues Gefühl für mich. Die ersten Tage nach Mats' Abreise habe ich viel geweint. Ich habe mich gefragt, warum es so gekommen ist. Was habe ich falsch gemacht? Wir waren nicht mehr auf gleichem Weg."

„Vielleicht wird dir hier, fernab von zu Hause, so manches klar. Wie kann ich dir helfen?" Daraufhin entgegnet Felicitas:

„Du hilfst mir schon allein dadurch, dass du mir zuhörst. Danke dir dafür, Marietta!"

Plötzlich greift Marietta in ein Regal, nimmt ein rosa Notizbuch aus einer Reihe von ähnlichen kleinen Büchern in verschiedenen Farben und reicht es Felicitas mit den Worten:

„Vielleicht hilft es dir, Deine Gedanken aufzuschreiben."
Darüber freut sich Felicitas überschwänglich und beginnt sofort mit den Eintragungen:

Kann man zwei Männer gleichzeitig lieben?
Einen habe ich verloren.
Von dem anderen weiß ich nicht einmal, ob ich ihn je wiedersehen werde.
Ich mag es nicht, wenn ich nicht weiß, wie es weitergeht.
Ich mag nicht an meine Zukunft denken.
Ich weiß nicht, wie es weitergeht.

Da auf einmal geht die Tür des Buchcafés auf. Wer tritt ein? Es sind vier Personen. Sophie und Ole mit ihren Kindern Claire Sophie und Erik Ole! Die ganze süße Familie! Felicitas freut sich riesig. Da kann sie direkt mit Ole sprechen. Eigentlich ist sie ja auch nach Greetsiel, dem Fischerdorf an der Nordseeküste, gekommen, um ihre Reportage über das Bach- und Rhein-Hochwasser in Bonn-Mehlem fortzusetzen. Hierfür will sie sich die Lage in Greetsiel und die Maßnahmen anschauen, die hier in Ostfriesland getroffen wurden und werden, um das Binnenland vor Überflutungen durch Flut von der Nordsee und aufgrund von extremen Wetterlagen zu schützen. Direkt geht sie auf Ole zu:

„In dem Dorf Mehlem in Bonn haben wir Probleme mit dem Bach-Hochwasser bei starken Regenfällen und auch Probleme mit dem Rheinhochwasser meistens im Frühjahr zur Zeit der Schneeschmelze oder in anderen Jahreszeiten bei anhaltendem Starkregen. Wie macht Ihr das in Ostfriesland? Wie schützt Ihr Euch vor Überflutungen?" Der Umweltschützer Ole antwortet spontan:

„Kurz gesagt, unser System basiert auf drei Säulen: dem Schöpfwerk, den Sielen und schließlich vielen Kanälen. Wenn du Zeit hast, erkläre ich dir das gerne vor Ort am Schöpfwerk selbst." Nachdenklich und interessiert hört die Journalistin dem Biologen aufmerksam zu.

„Gerne, wann hast du Zeit? Vielleicht morgen Nachmittag?"

Ole überlegt kurz und antwortet dann:
„Ich schlage vor, dass wir uns morgen um 14.00 Uhr am Schöpfwerk direkt treffen."
„Ich komme mit Felix vorbei. Danke, dass du so schnell Zeit hast."
Anschließend finden ein fröhliches Kaffeetrinken bei frisch gebackenem Kuchen von Marietta und ein lebhaftes Gespräch zwischen den Freunden statt. Mit Freude und Begeisterung erinnern sich alle außer den Kindern, die damals noch nicht auf der Welt waren, an die wunderschöne Hochzeit von dem jungen Brautpaar Sophie und Ole im und am Pilsumer Leuchtturm. Sophie und Ole hatten sich in Greetsiel verliebt. Dort am süßen kleinen Turm, dem gelb-roten Pilsumer Leuchtturm, hatte ihre Liebe ihren Anfang gefunden in einem herrlichen Sommer. Auch Fee war damals nicht dabei und hört gespannt zu.

Schöpfwerk, Kanäle und Siele

Am nächsten Morgen erzählt Felicitas ihrer Tochter Julie von der Begegnung in *Mariettas Buch-Bar*. Als Julie dies hört, ist sie Feuer und Flamme und möchte gerne mit zum Schöpfwerk kommen. Die Psychologie-Studentin ist immer offen für etwas Neues. Nach einem spannenden Spaziergang erreichen die beiden Frauen und Felix das imposante Schöpfwerk aus rotem Backstein. Es liegt hinter der ersten Brücke rechts, wenn man von der Greetsieler Schule aus in den Ort läuft. In Form, Bauart und Farbe wirkt es fast wie ein Teil einer modernen Speicherstadt, z.B. in Hamburg oder Neustadt an der Ostsee.

Der junge Biologe Ole Winter kommt ihnen schon entgegen:

„Ich freue mich, dass ihr Interesse an unserem Fischerdorf habt. Das Greetsieler Schöpfwerk wurde erst zwischen den Jahren 1955 und 1956 gebaut und in Betrieb genommen. Ziel des Schöpfwerks ist es, das Binnenland vor Überflutungen zu schützen. Es verfügt über drei moderne Pumpen, die mit einer Leistung von jeweils 5000 Liter pro Sekunde entwässern können."

„Das ist ja sehr interessant!", unterbricht Felicitas Oles Erklärung.

„Reicht dieses einzige Schöpfwerk aus, um das Dorf und das umliegende Land vor Überschwemmungen zu schützen? Was hat man noch getan?"

„Es gibt noch das ‚Alte Siel' und das ‚Neue Siel', das ihr hier neben dem Schöpfwerk seht. Letzteres entstand in den Jahren 1888 und 1889. Das ‚Neue Siel' neben dem Schöpfwerk wurde mit einem beweglichen Stahlschott ausgerüstet, um so automatisch den Wasserstand der Kanäle zu regeln", setzt Ole seinen Vortrag fort.

Die Zuhörer sind gespannt und fasziniert. Felicitas fragt sich im Stillen, wieweit man diese Erfahrungen in Bonn-Mehlem umsetzen könnte. Sie wird das in ihrer Reportage verarbeiten.

„Ihr seid ja Profis auf diesem Gebiet", kommentiert sie Oles Vortrag, „während wir in Bonn eher Anfänger sind."

Dann ziehen die drei mit Hund Felix zum „Alten Siel" am Greetsieler Hafen.

Dort fängt Ole, der Biologe und Mitarbeiter des NABU, direkt an zu erzählen:

„Schaut euch das „Alte Siel" hier am Hafen an. Es wurde wieder nach früherem Stand mit zwei Doppeltüren hergerichtet. So können dort seit 2002 Sportboote wieder schleusen und passieren."

„Danke Ole, du hast mir sehr geholfen! Zusammenfassend kann man also sagen: das Schöpfwerk, die Siele und die Kanäle sorgen im Dreiklang für eine Entwässerung des Binnenlandes, insbesondere bei Flut, Sturmflut, Orkan und Starkregen", bemerkt die Journalistin. Als kleines Dankeschön laden Felicitas und Julie den

Naturschützer Ole zu Kaffee und Kuchen in der *Greetsieler Backstube* im Kalvarienweg ein. Dort auf der 1. Etage mit den hellgrünen Sesseln erzählt Ole von dem Leben seiner jungen Familie hier in Ostfriesland. Er ist glücklich, dass er seine Frau Sophie am Hafen von Greetsiel kennen gelernt hat Damals hatte er gerade zwei frische Krabbenbrötchen gekauft, und so fing die süße Liebesgeschichte an.

Dann schlendern alle drei noch am Hafen auf dem Alten Deich entlang und kommen schließlich an dem niedlichen weiß-blauen Doppelhaus vorbei, das Fee so schön findet.

„Hier in diesem Haus würde ich gerne eine Boutique, kombiniert mit einem kleinen Bistro oder mit einem Angebot von Büchern, eröffnen. Irgendwann, wenn ich mich entschlossen habe, vielleicht ein neues Leben in Greetsiel anzufangen", ruft die Journalistin ganz plötzlich.

„Dieses kleine Haus ist leider verkauft worden. Im Dorf wird erzählt, ein Fremder habe es kürzlich erworben", erklärt Ole. Da ist Julies Mutter sehr, sehr traurig.

„Schade!" Mehr sagt sie nicht.

Julie und der Schäfer

Am nächsten Morgen macht sich Julie direkt nach dem Frühstück auf den Weg zu den Schafen. Da sie ihre Aufgabe als Teilzeit-Schäferin ernst nimmt, möchte sie dem Juniorschäfer helfen, zumal sein Vater wegen seiner Krankheit eine Auszeit braucht. Da sitzen die beiden jungen Leute nun auf einer bequemen Decke aus Schafwolle und beobachten das Treiben und Verhalten der Tiere. Es ist die junge Studentin der Psychologie, die als erste die Stille mit einer Frage unterbricht:

„Wie ist eigentlich dein Vorname? Dein Nachname ist sicher ‚Schäfer'. Und was machst du sonst so im Leben, wenn du gerade nicht Schafe hütest?" — Der Juniorschäfer schmunzelt:
„Das sind ja drei Fragen auf einmal, aber ich werde sie gerne beantworten, wenn du mir zuvor ein Lächeln schenkst." Julie lächelt ihn an, und er beginnt:
„Also, mein Vorname ist Robin. Leicht zu merken wie ‚Robin Hood'. Und du hast Recht: Mein Nachname ist ‚Schäfer' und nicht ‚Hood'. Was ich sonst so mache, wenn du mich gerade nicht anlächelst. Vor drei Wochen habe ich mein Studium der ökologischen Landwirtschaft beendet."
Während der junge Mann dies sagt, schaut er sie lieb von der Seite an. Eigentlich möchte er mehr, sieht auf ihren schönen Mund, doch wagt es nicht, die vollen Lippen zu küssen. Julies Herz klopft wild, und sie fragt ganz schnell, gleichsam um sich selbst abzulenken:
„Hast du schon mal woanders Schafe gehütet? Ich meine dort, wo es Wölfe gibt?"
„Vielleicht! Das weiß ich nicht so genau. Was kann man tun, wenn plötzlich ein Wolf auf die Schafherde und auf den Schäfer zukommt? Weißt du das?", fragt Robin neugierig. Julie antwortet:

„Da gibt es zwei Möglichkeiten:
1. Du schaffst dir einen Esel an. Wenn der wiehert, läuft der Wolf weg. Das kennt er nicht!
2. Du nimmst als Hütehund einen Golden Retriever oder auch einen ungarischen Hirtenhund. Vor diesen Rassen wird der Wolf aus Angst fliehen.

Das sind meine Vorschläge für dich", doziert Julie. „Und natürlich ist es am besten, die Weidefläche der Schafherde einzuzäunen!"
„Dann weiß ich Bescheid, wenn ich einmal in diese Lage kommen sollte! Dann wäre noch die Frage der Beschaffung des Esels!", lacht Robin.

Da muss Julie auch lachen. Aus vollem Halse! In diesem Moment umarmt Robin sie und drückt sie fest an sich.

Das ist nun schon der dritte Verehrer nach ihrem Internet-Freund Don aus Kanada und nach Henrik aus München. Robin sieht ganz anders aus. Er trägt sein langes blondes Haar zu einem Pferdeschwanz zusammengebunden, trägt eine urige wollweiße Strickjacke aus Schafwolle, wie könnte es anders sein, dazu eine dunkelblaue Cordsamthose und sportliche Sneakers in Brauntönen. Sie schaut ihn genau von der Seite an. Nun weiß sie es — was sie schon immer geahnt hatte: Es ist der Beau, der im Sommer beim Dîner en Blanc so eng mit ihr getanzt hatte. Dem sie nicht widerstehen konnte. Dem sie immer wieder in die Augen schaute. Und wegen diesem jungen Mann hatte sie nun nichts mehr von Henrik gehört.
Katastrophe — Eifersucht!

Dolce Vita

Als Julie dieses Erlebnis ihrer Mutter erzählt, muss diese ebenfalls lachen. Vor lauter Lachen können sie sich kaum halten. Da macht Felicitas einen Vorschlag:
„Lass uns heute Abend Essen gehen. Ich habe Lust auf italienisches Essen, denn ich musste heute an Italien denken. Warum, das erzähle ich dir vielleicht später einmal. Was denkst du?"
Julie ist einverstanden und schlägt die Pizzeria *Dolce Vita* oberhalb des Hafendorfs am Alten Deich vor. Als die beiden Frauen aus dem Haus treten, scheint die Landschaft im Nebel zu versinken. Geheimnisvoll und irgendwie romantisch. Den Weg zur Pizzeria finden sie gerade noch, und Felix zeigt ihnen den Weg unter Einsatz seiner bewährten Schnüffelnase. Dunkle Gestalten huschen

die Treppe hinauf. Als sie kurz auf den Deich treten, entdecken sie auch dort dunkle Gestalten bisweilen mit einem Hund. Makaber! Sind das vielleicht die Nachbarn vom übernächsten Haus?
Nebel, Nebel, Nebel — Nebelschwaden. Am liebsten würde Felicitas in den Nebel eintauchen und den Weg auf dem Alten Deich bis zur Biegung gehen, um nachzuschauen, ob sie den Pilsumer Leuchtturm noch erkennen kann. Sicher nicht! Schade, dass sie ihren Notizblock nicht bei sich hat. Und ihre Tochter hat ihren Fotoapparat auch nicht mitgenommen. Aber es ist auch schön, diese Eindrücke einfach nur auf sich wirken zu lassen und mitzunehmen... in sein Leben.

In der Pizzeria-Trattoria angekommen, finden die beiden mit Russell Felix einen schönen Platz am Fenster. Ein freundlicher junger Mann mit einem Block in der Hand notiert ihre Wünsche. Mit einem Lächeln bestellt Julie:
„Una insalata Nizza, angemacht mit Essig und Öl, als Vorspeise, dazu einmal Bruschetta, anschließend jeweils eine normale und eine kleine Portion Spaghetti mit Nordseekrabben, zubereitet mit Öl und Knoblauch und frischen Tomaten. Als Dessert bitte einmal Panna-Cotta mit Waldbeeren und einmal Tiramisu. Dazu due Espressi macchiati, per favore Signore."
Mit einem charmanten Lächeln nimmt der junge Mann die Bestellung entgegen. Schön, dass die Gäste hier im *Dolce Vita* ihre ganz persönlichen Wünsche äußern können.

„Was möchten Sie trinken?", fragt der freundliche Ober.
„Due vini Montepulciano e una grande acqua minerale senza gaz = 2 Glas Montpulciano und eine große Flasche Mineralwasser ohne Kohlensäure bitte = per favore."
„Grazie mille. Con piacere." – So die kurze Antwort.
Nun ist der Moment gekommen. Die Tochter schaut ihre Mutter fragend an:
„Wie geht es dir ohne Papa?"

„Ich fühle mich sehr alleine. Einsam, nein. Einsam habe ich mich schon vorher gefühlt. Einsam zu zweit. Wir waren nicht mehr auf dem gleichen Weg. Wir hatten nicht mehr dieselben Ziele. Wir haben nicht mehr in dieselbe Richtung geschaut. Seitdem du, liebe Julie, nach Münster zum Studium gegangen bist, war es nicht mehr, wie es einmal war. So als hättest du unsere Familie zusammengehalten", nachdenklich und traurig zugleich hält Felicitas inne. „Und es gibt da noch etwas, das ich dir vielleicht ein anderes Mal erzählen werde…"

Sie genießen den frischen Salat und die warme Bruschetta. Köstlich mit dem markanten Rotwein zusammen. Mutter und Tochter schauen sich an. Beide denken das Gleiche. Julie beginnt:
„Wie schön war es hier im Sommer mit Henrik und Alessandro. Ich ertappe mich immer wieder, wie ich daran denke. An den *Sommerwein*, den wir zusammen getrunken haben…"

Felicitas fährt fort:
„Oft muss ich an unseren gemeinsamen Tag auf der herrlichen Insel Norderney denken. Direkt am Meer mit dem Blick auf tosende Wellen haben wir bei Sonnenschein unseren *Sommerwein*, einen vollmundigen italienischen Montepulciano, genossen." Und im Stillen für sich denkt sie weiter ‚und wir haben uns tief in die Augen geschaut!'

Beim Dessert fragt die Tochter neugierig:
„Mami, kanntest du Alessandro eigentlich von früher? Es kam mir so vor, als ob ihr euch schon lange kennt."
„Ja, Julie, ich habe ihn vor langer Zeit kennen gelernt. Das war, bevor ich deinen Vater getroffen habe. Alessandro und ich, wir haben uns damals aus den Augen verloren. Wie das Leben so spielt…", nachdenklich und ein wenig traurig blickt Fee aus dem Fenster in die Nacht. Julie fragt nicht weiter. Spürt sie doch, dass

sich dahinter noch ein großes Geheimnis verbirgt. Vielleicht erzählt ihre Mutti ihr das später einmal.

Fröhlich lassen die beiden den Abend ausklingen und gehen Arm in Arm zu ihrer Ferienwohnung. Felix springt munter um sie herum und lotst ihnen noch einen Gassigang ums Karree An't Hellinghus – Dollartstraße ab.
Noch können sie nicht ahnen, was am nächsten Tag passieren wird. Ein Ereignis, dass sie aus der Bahn werfen wird.

Der Schock

Es ist ein warmer Sonntag Anfang November.
Felicitas holt ihr rosa Notizbuch vor und schreibt folgende Sätze auf.

Ich mag den Monat November.
Ich mag Landschaften ohne Menschen.
Ich mag das besondere Licht im November.
Ich mag Grünkohl, deftig und urig, wie er in Greetsiel schmeckt.
Ich mag Grünkohl mit Grieben.
Ich mag es, im November zu verreisen.
Ich möchte Alessandro, meinen Romeo, wiedersehen...

So einen warmen Tag in einem November hat es noch nie gegeben. Felicitas schaut aus dem Fenster ihres Schlafzimmers. Was sie da entdeckt, kann sie gar nicht glauben! Es ist, als wiederhole sich das Leben. Es ist, wie es vor einigen Monaten war. Am gleichen Ort und fast zur gleichen Uhrzeit. Auch damals hat sie aus dem Fenster geschaut und einen Schock bekommen. Katastrophe! Gibt es so etwas, dass sich dieselben Szenen in einem Menschenleben wiederholen? So wie damals in dem Film mit dem ‚Murmeltier'.

Sie erinnert sich nicht an den genauen Titel, doch an das Gefühl, das in dem Film vermittelt wurde. Also die Journalistin, die schon von Berufs wegen sehr realistisch ist, dreht sich um, entfernt sich etwas vom Fenster und denkt nach. Dann nach 2 Sekunden, die sich wie Stunden anfühlen, geht sie wieder zum Fenster mit den roten Gardinen, schaut noch einmal hinaus und traut ihren Augen kaum.

Da sind wieder die zwei Männer. Wie damals. Sie haben die gleichen großen Seesäcke bei sich. Wieder gehen sie auf die Ferienwohnung nebenan zu. Wenn sie sich richtig erinnert, ist das das *Piratennest*. Der Name ist hier wohl Programm. Es muss sich in der Tat um zwei Piraten handeln. Heimlich, still und leise. Dann plötzlich erfolgt der Zugriff. — Der Zugriff auf ihr Herz, das wild und stürmisch schlägt. Und tobt wie die tosende See an der Nordseeküste, die ja nicht weit entfernt ist.
Felicitas hält inne und dann läuft sie zu Julie, so schnell ihre Füße sie tragen. Was wird Julie wohl sagen? Was wird sie tun?

Julie macht große Augen, als sie von der vermutlichen Ankunft der beiden Männer vom letzten Sommer erfährt. Erst will sie spontan aus der Wohnung laufen und die beiden umarmen. Doch dann fällt ihr ein, dass ihr Abschied seit dem letzten Abend getrübt war. Henrik war sicher traurig, dass sie so eng mit dem Unbekannten getanzt hatte. Er konnte ja nicht wissen, dass dies der Juniorschäfer war. Seinen Namen kannte sie im Sommer noch nicht, doch jetzt weiß sie, dass er *Robin Schäfer* heißt. Und sie weiß auch, dass er sehr nett ist. Wenn sie ehrlich sich selbst gegenüber ist, gefällt er ihr sogar ein wenig. Zu ihrer Mutti gewandt, flüstert sie:

„Wir sollten vielleicht warten, bis die beiden erst einmal angekommen sind. Was meinst du?"

„Einverstanden. Das machen wir!", entgegnet Felicitas. Als die Männer in der nebenan liegenden Wohnung verschwunden sind, zieht sie ihre nachtblaue Daunenjacke mit dem großen hellen Webpelzkragen an, schnappt sich Felix und ruft Julie zu:

„Wir gehen kurz Gassi einmal ums Karree. Bis gleich!"
Dann entschließt sich doch spontan, an einen Ort zu gehen, an dem sie mit Alessandro gewesen ist. Glücksmomente, die sie nicht vergessen hatte.

Felix springt freudig an ihr hoch, als er bemerkt, dass sein Frauchen mit ihm etwas weiter geht: den Hobbingsweg entlang, dann in den Kalvarienweg einbiegt in Richtung alte Dorfkirche, an der Boutique vorbei, in der Frauchen schon einmal einen Schlafanzug, mit Schäfchen dekoriert, gekauft hat. Der kleine Weg rechts an der feinen Boutique führt in den Leeger Park. Wie an jenem wundervollen Sommertag setzt Fee sich auf dieselbe Bank, obwohl es ein wenig frisch ist. Seinerzeit hatten sie Hand in Hand wie ein Liebespaar auf der alten Holzbank gesessen, von alten Zeiten geschwärmt und die Zeit vergessen. Gern würde sie nun die Zeit zurückdrehen. Von einem Augenblick auf den anderen ändert sich alles! Wieder kommen von hinten zwei gut duftende Hände und legen sich auf ihre Augen. Das kann nur ihre Sommerliebe von damals in dem italienischen Fischerdorf Noli sein. Und diesmal sprechen beide kein Wort. Ein Mann und eine Frau. Der Mann umarmt die Frau leidenschaftlich und küsst sie ♥ endlos lange. Ohne ein Wort zu reden, gehen sie Hand in Hand zu ihren Ferienwohnungen jeder in seine. Sie geht zu Julie, die inzwischen den Tisch für das Abendessen gedeckt hat. Er geht zu Henrik, der vorschlägt, eine Pizza und Salat vom Italiener *Dolce Vita* zu holen.

Freitag, 13. November 2015

Alessandro:

„Ich möchte einfach nur mit dir am Krabbenhafen sitzen und beobachten, wie die Kutter ihre Krabben anlanden."

BESCHAULICH – BERUHIGEND – UNVERGESSLICH

Ist Greetsiel sicher? Nach Freitag, dem 13. November 2015, dem Tag der schrecklichen Attentate in Paris. Mehrere Attentate gleichzeitig mit insgesamt 130 Toten.
Ist Greetsiel sicherer als Paris, Berlin, Brüssel oder London? Oder New York?
Geht es nur noch darum, zum richtigen Zeitpunkt am richtigen Ort zu sein? Oder darum, nicht zum falschen Zeitpunkt am falschen Ort zu sein?
Terror = hier war das ein Angriff auf das Leben, auf meistens junge Menschen, die einfach nur den Freitagabend genießen wollten. Nach einer arbeitsreichen Woche voller Stress.
Wäre es eine Lösung, diesen Menschen, die diese abscheulichen Taten begangen haben oder planen, Arbeit zu geben, eine Familie, Heimat, so etwas wie Geborgenheit? Doch wo?
Alles Fragen ohne Antworten.

Draußen: Regen — Regen — Sturm.
An diesem schwarzen Freitag wollten Felicitas, Julie, Alessandro und Henrik sich einen gemütlichen Abend im *Skipper Asterix* machen. Da kommt die Horrornachricht! Mit den Horrorbildern.
Während dieser schrecklichen Stunden nimmt Henrik die Hand von Julie. Ganz zart und vorsichtig.
Es entsteht ein geheimnisvolles Band zwischen den beiden.
Und auf dem Schoß von Julie sitzt Felix. Er ist immer dabei und spürt, dass auch er Trost spenden muss und will.

Montag, 16. November 2015 12.00 Uhr
Schweigeminute – Glockenläuten in Greetsiel in der evangelisch-reformierten Kirche im Dorf. Innehalten — Melancholie.
Nous sommes Paris. Je suis Paris. ♥
Liberté — Egalité — Fraternité.

Nach diesen schrecklichen Ereignissen sitzen die vier täglich mehrere Stunden vor dem Fernseher, um die Nachrichten und Kommentare zu verfolgen. Nach und nach kristallisiert sich heraus, dass der IS — der Islamische Staat — für die Anschläge, die schrecklichen Gräueltaten verantwortlich zeichnet. Die Angst ist groß, dass so ein Attentat auch in Deutschland passieren kann. Es ist, als ob die unheilvollen Ereignisse in Paris die kleine Gruppe von vier Freunden immer mehr zusammenschweißen.

Für Felicitas ist es, als ob Alessandro wie ein geheimnisvoller Wachposten immer in den schwarzen Momenten ihres Lebens auftaucht. So war es damals bei ihrer ersten Begegnung, als sie nach der Trennung von ihrer ersten Liebe ihm in dem kleinen italienischen Hafen begegnet ist. So war es, als sie ihm nach dem Mauerfall in Berlin an der ehemaligen Grenze in die Arme lief. So war es jetzt, als er nach der Trennung von ihrem Mann wie ein Schutzengel hier in Greetsiel auftauchte. Und wundervoll ist es besonders, dass Alessandro hier — im Heute und Jetzt — bei diesen erschütternden Weltereignissen bei ihr ist, neben ihr sitzt und ihre Hand hält.
Wie der französische Literatur-Nobelpreisträger *Patrick Modiano* in Villa Triste schreibt: "Es gibt geheimnisvolle Wesen, immer die gleichen, die wie Wachposten an den Kreuzungen unseres Lebens stehen."

Die Tage im November im kleinen Fischerdorf vergehen wie im Fluge. Henrik und Alessandro besuchen die beiden Damen oft im *Skipper Asterix*, wo sie es besonders gemütlich finden. Bei Kerzenschein und Knabbereien erzählen sie von ihren spannenden und aufregenden Erlebnissen in Irland. Das ist dort ein wenig wie in Greetsiel: endlose Weite — Wind — Wellen, und alles scheint so friedvoll zu sein.
    An manchen Tagen fährt Julie mit ihrem Fahrrad zu der Wiese, auf der die Schafe grasen, um Robin bei seiner Arbeit als Schafhirt zu helfen. Plötzlich geschieht an einem dieser Tage etwas Schreckliches.

Die Wende

Auf der Rückfahrt von einer dieser Radtouren ist da plötzlich ein Auto! Ein Auto, das offensichtlich sehr schnell rast, wie ein Rennwagen. Es kommt von hinten angebraust, Julie versucht noch, an den Rand der Straße zu gelangen. Doch, oh Schreck: Völlig unerwartet streift sie der rote Wagen mit voller Geschwindigkeit, reißt sie mit sich und schleift sie etwa hundert bis hundertfünfzig Meter auf dem Boden entlang mitsamt dem Fahrrad. Sie versucht, abzuspringen. Dann der Blackout! Sie wird sich später an nichts mehr erinnern.

Irgendwann muss sie wohl im Krankenhaus in Emden gelandet sein. Ein Arzt ruft ihre Mutter an. Er bittet sie, sofort zu kommen mit diesen Worten:

„Hoher Blutverlust – Blutgruppe A2 Rh=Rhesusfaktor negativ – Wir brauchen dieses besondere Blut! Wo ist der Vater?" —

„Der Vater ist in Afrika. Wir kommen vorbei. Ich bringe einen Freund der Familie mit. Wir kommen, so schnell wir können." Alessandro steht neben Felicitas. Zufall oder Schicksal?

Nun muss alles ganz schnell gehen. Sie rufen ein Taxi. Felix muss in seinem Körbchen in der Wohnung bleiben, und Henrik bleibt bei ihm. Irgendwie spürt der kleine Hund, dass etwas mit seinem Frauchen Julie nicht in Ordnung ist. Er fiept ein wenig, um sein Mitgefühl kundzutun. Die Fahrt nach Emden verläuft schnell und reibungslos. Im Krankenhaus angekommen, wartet der Arzt schon ungeduldig und aufgeregt auf sie:

„Wir mussten Ihre Tochter in ein vorübergehendes künstliches Koma versetzen. Was machen wir nun? Die uns zur Verfügung stehenden Blutkonserven reichen leider nicht aus. Welche Blutgruppe haben Sie, die Mutter von Julie?"

„Leider habe ich Blutgruppe 0. Das passt nicht. Und der Vater meiner Tochter ist zurzeit in Afrika in Mali. Das würde sicher zu lange dauern, ihn herzuholen.

Felicitas und Alessandro sind bestürzt und traurig zugleich. Da plötzlich hat der Italiener die rettende Idee:
„Ich denke, ich habe die gleiche seltene Blutgruppe. Hier mein Blutgruppen-Ausweis, den ich immer mit mir führen muss! Ich bin bereit, Blut zu spenden."
Der Arzt: „Wer sind Sie? Doch das spielt jetzt keine Rolle. Wir müssen handeln. Kommen Sie schnell mit mir." Alessandro folgt ihm. Er ist innerlich total glücklich. Ist er der Vater von Julie? Das wäre das schönste Geschenk, welches Felicitas ihm machen könnte. Nach so langer Zeit. Er hatte sich schon immer ein Kind gewünscht. Ein eigenes Kind aus seinem Fleisch und Blut. In der Tat Henrik ist wie ein Sohn für ihn. Er hat ihn lange begleitet. Seit Henriks 8. Lebensjahr. Und seine Mutter hat er einmal geliebt.

Aber dieses Gefühl heute, hier und jetzt — das ist nun etwas ganz Besonderes. Etwas ganz Tiefes! Er ist zu allem bereit. Er ist bereit, all sein Blut zu spenden. Auch wenn es ihn viel Kraft kostet…
Selbst wenn es ihn sein Leben kostet…
So schnell er kann, folgt er dem jungen Arzt.
Nach der erfolgten Bluttransfusion von ihm zu Julie, fragt er den Arzt aufgeregt, ob alles gut gegangen ist. Als der Mann im weißen Kittel seine Frage bejaht, stellt er die nächste Frage.
„Darf ich Julie besuchen?" —
„Ja, heute Abend, wenn sie sich erholt hat. Wir bringen Ihre Tochter dann auf die Intensivstation."
Was hatte der Arzt da gerade gesagt? ‚Ihre Tochter'? Ein tiefes Glücksgefühl überfällt Alessandro. Am Abend besucht er gemeinsam mit Felicitas die junge Studentin Julie und bringt ihr eine weiße Rose mit.

Julie spürt dies. Sie atmet den Duft der Rose ein, und wie in einer Trance ahnt sie, dass da jemand bei ihr ist. Jemand, der sie sehr liebt. Und dieser Mensch kommt nun jeden Tag, spricht zu ihr, ruhig und bedächtig. Er erzählt von einem fernen Land. Er erzählt von einem kleinen Hafen. Irgendwo im Süden. Von Sonne, Wind und Meer. Er spricht von Sehnsucht. Und er bringt jedes Mal eine wohl duftende weiße Rose mit. Die junge Frau fühlt sich geborgen und behütet. Neben dem Mann sitzt ihre Mami und streichelt ihre Hand.

Und dann kommt da noch der junge Mann von der Ferienwohnung nebenan. Er kommt alleine zu anderen Zeiten. Meist sitzt er schweigend an ihrem Bett, nimmt ganz vorsichtig ihre Hand. Während sie schläft, verliebt er sich in sie und flüstert kaum hörbar:

„Ich liebe dich. Während du schliefst, habe ich mich verliebt!" ♥
So vergehen die Tage. Im Krankenhaus in Emden. Einmal hört Julie Gitarrenmusik. Dazu eine leise Stimme, wie aus weiter Ferne klingend:

„La Mer"
…Et d'une chanson d'amour
La Mer a bercé mon coeur pour la vie.

Ein junger Mann singt dieses Chanson von Charles Trenet und begleitet es auf seiner Gitarre.

Ein Wellenschlag wie das Meer…

Es ist ein herrlicher Tag, ein Sonntag, an dem Julie plötzlich aufwacht. Und an ihrem Bett sitzt Alessandro.

„Wo bin ich hier? Wie bin ich hierhergekommen? Was ist passiert?" Tausend Fragen, die sie Alessandro stellt.

„Ich muss wohl sehr viel Blut verloren haben. Wer hat mir geholfen? Wer hat mich gerettet? Wer hat mir das Leben gerettet?"
Der smarte Italiener erklärt ihr alles. Doch da Julie noch erschöpft und benommen ist, weiß er nicht, ob sie alles verstanden hat. Sicher braucht sie Zeit. Zeit, um sich nach dem Unfall und der Bluttransfusion ganz zu erholen. Zeit, um die volle Tragweite und Bedeutung seiner Worte zu verstehen. Bald nach wenigen Tagen

kehrt Julie wieder in die Ferienwohnung zurück, ihrem derzeitigen Zuhause. Sie genießt die Ruhe und die Anwesenheit von Henrik. Und die leise Gitarrenmusik.

Ein neuer Tag

An einem sonnigen Tag stürmt Alessandro nach dem Frühstück in das Wohnzimmer im *Skipper Asterix*.
„Damit Julie sich weiterhin in Ruhe gemeinsam mit Henrik erholen kann, mache ich dir, Fee, einen Vorschlag: Ich möchte dir etwas zeigen. Eine Überraschung. Kommst du mit auf den Alten Deich? Das Wetter ist so herrlich! Wollen wir Felix mitnehmen?"
Felicitas ist begeistert. Sie hat Lust spazieren zu gehen. Für den lebhaften Felix ist das gleichzeitig ein zweiter Gassigang. Und für eine Überraschung ist Fee immer zu haben. Am italienischen Restaurant *Dolce Vita* vorbei geht's hinauf auf den Deich.
Dann ganz plötzlich fängt es an zu regnen. Ohne Vorankündigung. Es regnet und regnet. Immer heftiger. Die Journalistin zieht ihre Kapuze über und läuft, so schnell sie kann, nach irgendeinem Unterschlupf Ausschau haltend. Alessandro ergreift ihren Arm kurz vor der Biegung nach links, läuft mit ihr flink die Treppe hinunter, dann nach links. In das erstbeste Haus hinein. Zufällig hat er einen passenden Schlüssel dabei und öffnet die Haustür. Es ist das süße weiß-blaue Haus, das Fee ganz besonders mag. Ihr Traumhaus! Es sieht aus wie ein Doppelhaus. In dem großzügig geschnittenen Wohnzimmer stehen nur ein blaues Sofa und davor ein Couchtisch in Brillant-Weiß. Auf dem Tisch liegt ein Buch, ein einziges Buch.
Der italienische Freund nimmt Felicitas Gesicht in beide Hände, leckt die Regentropfen ab, als seien es Tränen. Zärtlich nimmt er sie in den Arm, so als möchte er sie festhalten. Für immer festhalten. Die Zeit anhalten.

„Ich möchte, dass alles so bleibt, wie es ist. Ich möchte mit dir das Hier und Jetzt genießen. Ich möchte mit dir das Morgen genießen. Ich möchte mit dir zusammen alt werden. So alt wie Philemon und Baucis aus der Antike. Die beiden sind das antike Vorbild von ewiger Liebe und Treue. Hier in diesem Haus möchte ich mit dir alt werden", flüstert er.

„Aber ich bin doch schon alt, zumindest älter als du!", entgegnet Fee schelmisch.

„Ich finde, das verliert sich immer mehr. Der Altersunterschied zwischen uns hat keine Bedeutung mehr. Das war anders, als ich damals 17 Jahre war und du 27." Mit einem Schmunzeln im Gesicht fährt er fort: „ Da spielten die biologische Uhr, wohl insbesondere bei dir, und die Lebensplanung eine Rolle."
Nachdenklich schaut der Mann die Frau an.

„Da du jünger bist, habe ich wenigstens lange etwas von dir, zumal Frauen in der Regel einige Jahre älter als Männer werden. Außerdem bist du schön knackig!" verschmitzt schaut die Frau den Mann an. Dann fährt sie fort: „Wie kommst du denn zu dem Schlüssel von dem süßen Haus? Hast du den Schlüssel unter der Fußmatte gefunden?"

„Ja, so ähnlich! Nein, ich habe es für uns gekauft, bevor ein anderer es vor unserer Nase wegschnappt. Ganz spontan habe ich mich entschieden mit dem Wunsch, dass du diese Entscheidung mitträgst. Einfach so. Ich wusste ja, dass es dir gefällt. Du hattest es mir im Sommer gesagt."
Vor Freude fällt Fee ihm um den Hals und gibt ihm einen dicken Kuss. ‚Da ist er wieder, dieser Duft von Bitter-Orange! Betörend! Wie in dem kleinen italienischen Hafen vor vielen Jahren', denkt Alessandro bei sich.

„Heißt das Ja? Ja, du willst hier mit mir leben? Ich bin unendlich glücklich!" Er will mehr. Drückt sie auf das blaue Sofa und küsst sie voller Leidenschaft. Wie damals in Berlin. Doch das ist wohl nicht der richtige Augenblick.

„Gib mir noch etwas Zeit! Lass uns noch einmal auf die Insel fahren. Nur wir beide…" ♥

Julie und die Schafe

Irgendwann geht es Julie wieder besser, und sie hat Lust, zu der Schafherde zu gehen. Schon von weitem hört sie das „Mäh, mäh" der munteren Vierbeiner. Von weitem sieht sie auch den lustigen jungen Schafhirt Robin mit seiner flotten Schäfermütze. Sichtlich erstaunt fragt er sie, warum sie in den letzten Tagen nicht mal vorbeigeschaut hat. Er hat auf sie gewartet. Zweimal war er sogar an ihrer Ferienwohnung, hat geklingelt, hat jedoch niemanden angetroffen. Gespannt fragt er sie:

„Was ist geschehen? Ich dachte schon, du bist zurück nach Münster gefahren, um dein Studium fortzusetzen. Ein wenig traurig war ich schon. Das muss ich gestehen. Ich habe dich vermisst."

Ohne zu wissen warum, freut sie sich über diesen Satz. Dann erzählt sie ihm von den Ereignissen der letzten Tage.

„Aber nun bist du ja wieder da, und ich möchte dir was Gutes tun. Du hast doch einmal geäußert, dass du gerne ein Pferd pflegen möchtest, es striegeln, bürsten und füttern möchtest. Ich kenne einen Bauern hier in Greetsiel. Vielleicht gibt es da eine Möglichkeit. Was denkst du?" — „Oh toll! Besonders gefällt mir der Schimmel, der oft auf der Wiese gegenüber von dem Kinderspielplatz äst. Ich glaube, es ist eine Stute." —

„Ihr Name ist Ophelia! Ich sag dir Bescheid, sobald ich mit dem Bauern gesprochen habe." So die vielversprechende Antwort von Robin. Vor lauter Begeisterung fällt Julie dem jungen Mann um den Hals. Dann hüten die beiden weiter gemeinsam die Schafe. Schweigend. Ganz überwältigt von der Ruhe hier in der Natur. Es ist, als ob man das Gras atmen hört. Leise biegt es sich im Wind.

Alles ist so friedlich, so unendlich friedlich. Wenn es so friedlich auf der ganzen Erde wäre...

Doch auf der Welt herrschen Unruhen und Krieg. Auch der sonst so lustige Robin wirkt bedrückt, als er ein Erlebnis erzählt, das er mit zwei Flüchtlingen aus Syrien im Zug hatte:

„Als ich vor kurzem anlässlich eines Kurzbesuches bei meinen Freunden im Zug in Richtung Münster fuhr, saß mir gegenüber ein junges Pärchen. Sie war total verschüchtert, in Schwarz gekleidet und trug ein dunkles Kopftuch. Offensichtlich war sie hochschwanger. Er wirkte modisch angezogen in schwarzer Daunenjacke, blauer Jeans und modernen braunen Sneakers. Sie hatten große Rucksäcke als Gepäck bei sich, wohl all ihre Habseligkeiten. Zunächst beobachteten mich die beiden, dann zeigte er mir seine Fahrkarte nach Dortmund. Er erzählte mir, dass sie Syrer sind und über die Balkanroute nach Deutschland gekommen sind. Während die junge Frau immer scheuer und verängstigter wirkte, fragte der junge Mann mich, wie es in Dortmund ist. Leider konnte ich nicht viel sagen außer, dass es eine mittelgroße Stadt ist. Weiter fragte er:
‚Wie ist es in Deutschland? Wir haben gehört, dass es das beste und reichste Land sei. Wie ist das Leben dort? Ich möchte studieren.' All dies äußerte er in einem nicht so guten Englisch, das ich schwer verstand. Seine Frau verstand kein Wort. Alles kam ihr so fremd vor. Sie schaute sich die deutschen jungen Mädchen im Zug an. Fragend und verunsichert. Wie wird sie sich in diesem fremden Land eingewöhnen? Ein Kulturschock! Wird sie die Sitten und Gebräuche akzeptieren können? Ist Deutsch schwierig? Wird sie Freundinnen finden? In ihren Augen noch der Schrecken des Krieges und gleichzeitig die vielen offenen Fragen. Das Jahr 2016 und Dortmund bergen viele Ungewissheiten. Über allem steht die große Frage: ‚Werden wir hier eine neue Heimat finden? Wie ge-

hen wir mit der Sehnsucht nach zu Hause um? Der Sehnsucht nach unseren Eltern, Verwandten und Freunden?'
Dabei stellte ich als Robin, der schon immer in Deutschland wohnt, mir die Frage:
Haben wir das Recht, so viele Heimatlose hier zu beherbergen? Menschen, die vielleicht ihr Leben lang mit diesem Heimweh leben müssen? Ewig Heimatlose. Ist es nicht besser, sie in der Nähe ihrer Heimat zu beherbergen? Dies, damit sie dann nach Kriegsende sofort nach Syrien zurückkehren können, um ihre Heimat wieder aufzubauen?

Wenn sie denn einmal hier sind, müssen wir sie nicht vor allen Dingen fit für eine Rückkehr in ihre Heimat machen, sobald dort wieder Frieden herrscht?
Ist es für Europa und die Nachbarstaaten von Syrien nicht das oberste Gebot, für Frieden zu sorgen?"
Robin hält einen Moment inne. Dann sprudelt es weiter aus ihm heraus:

„Meine Oma aus Berlin fühlte sich in der letzten Zeit in die Nachkriegszeit zurückversetzt. Sie ist in Berlin zwischen Ruinen aufgewachsen. Als Kindergartenkind hat sie mit ihren Kameraden und Kameradinnen in den Ruinen der ehemaligen Wohnhäuser Versteck gespielt. Sie erinnert sich daran, wie das Haus ihrer Großmutter bei Kriegsende im Mai 1945 vollkommen zerstört war und wie ihre Oma Handwerker in der Nachbarschaft organisiert hat, um mit dem Wiederaufbau zu beginnen. Alle haben in irgendeiner Form beim Wiederaufbau geholfen. Nur eine Tante ist damals nach Amerika gegangen, um dort ein neues Leben anzufangen. In ihren Briefen hat sie berichtet, wie schwierig es ist, sich in der Fremde mit einer anderen Sprache, mit einer anderen Kultur zurechtzufinden und neu zu beginnen.
Es gibt Menschen, die nie in einem fremden Land ankommen.

Auf der anderen Seite gibt es auch Menschen, die schnell die Sprache des Landes lernen, sich integrieren, Arbeit suchen und finden, eine bezahlbare Wohnung finden. Und sich schließlich ein neues Leben im Gastland aufbauen.
Wie wird all das gelingen?"
Mit diesen Worten beendet Robin seine Geschichte. Nachdenklich schaut Julie ihn an. So viel Ernsthaftigkeit hatte sie ihm bis jetzt nicht zugetraut. Robin war sonst immer lustig und fröhlich. Und nun erkennt sie einen anderen Robin in ihm.
Irgendwann wird es dunkel, und Julie macht sich auf den Heimweg.
Das war ein schöner Tag. Aber auch voller Traurigkeit.

Ein Mann und eine Frau auf einer Insel

„Feuer in der Nacht..." Dieses Lied, gesungen von Peter Maffay, spielt gerade in dem Haus am Meer, als Felicitas und Alessandro dort in die offene Halle mit dem brennenden Kamin eintreten. Bei kräftigem Wind sind sie über die Insel gelaufen. Hand in Hand. Ab und zu bleiben sie stehen und umarmen sich. Sie schauen gemeinsam aufs Meer. Weite — Unendlichkeit — Wellen und Wind — Turbulenzen und Ruhe: Frieden. Das Meer wühlt den Menschen auf und beruhigt ihn zugleich.

Ich mag es, wenn es Winter ist und kein Mensch draußen ist, am Strand spazieren zu gehen,
Ich mag es, mit meinem Italiener an der Nordsee, dem rauen Meer des Nordens, entlangzulaufen.
Ich mag es, dann in einen warmen Raum mit einem Kaminfeuer einzutreten, mich bequem hinzusetzen und einen Glühwein mit vielen Kräutern zu trinken.

Ich mag die wilde See!

Sie sitzen am Kamin Hand in Hand, ganz dicht aneinander gedrängt. Und vergessen Ort und Zeit. Sie vergessen die schwierigen Momente in ihrem jeweiligen Leben. Sie denken nur an die wunderbaren gemeinsamen Momente. Schließlich versinken sie in einem zarten und zugleich leidenschaftlichen Kuss. ♥

Irgendwann gehen die beiden Verliebten Hand in Hand die Treppe hinauf in ein Zimmer mit klaren Linien, in zartem Blau und Weiß gehalten. Das große Fenster gibt den Blick auf das Meer frei. So ein Bild vom Meer mit einem blau-weißen Strandkorb in der unendlichen Weite des Sandes hängt auch über dem Bett. Es wird allmählich dunkel. Die Sonne geht unter. Sie versinkt im Meer.

So versinken Romeo und Julia ineinander — so wie damals in dem kleinen Fischerhafen an der italienischen Blumenriviera.

Und wie 1989, als das ehemalige Ostdeutschland, die DDR, mit der Bundesrepublik Deutschland zusammenwuchs. Dieses historische Ereignis führte das Liebespaar erneut zusammen.

Und jetzt führt diese zufällige Begegnung am Kutterhafen von Greetsiel die Liebenden wieder zusammen.

Als Krönung diese romantische Nacht im Haus am Meer. Rauschen des Meeres im Hintergrund.
Doch dann ganz plötzlich kommt alles anders, als sie es sich vielleicht erträumt hatten.

Am nächsten Morgen bei einem fürstlichen Frühstück zeigt Felicitas' Smartphone eine neue Mail an.

Mats@africa.a an Fee@t-online.de

Liebe Felicitas,
morgen komme ich nach Hause. Wir müssen miteinander reden. Unbedingt!
Ganz liebe Grüße
Mats

Felicitas nimmt Alessandros Gesicht in beide Hände, schaut ihm tief in die Augen und sagt:

„Mein Mann kommt nach Hause. Ich muss zurückfahren. Ich muss mit ihm reden. Ich muss einiges in meinem Leben klären."

„Was ist mit mir? Bleibst du bei mir für immer in Greetsiel im weiß-blauen Haus am Deich?" —

„Du bist der Mann, den ich liebe."

Das sind die letzten Worte der Frau, als der Mann und die Frau voneinander Abschied nehmen.

Sie stehen auf dem Emdener Bahnhof. Dann steigt sie in den Zug nach Münster. Er steht und sieht ihr nach.
Voller Wehmut und zugleich voller Hoffnung!

Kapitel II

„Warum hast du nicht Nein gesagt?"

Wieder in Bonn

Felicitas ist wieder in der Wohnung in Bonn angekommen, in der sie gemeinsam mit ihrem Mann Mats wohnt. Merkwürdige Gedanken gehen ihr durch den Kopf:

‚Irgendwie gehöre ich hier nicht mehr hin. Vielmehr gehöre ich dorthin, wo ich nicht bin… Vermeintlich ist hier alles beim alten. Doch ich hänge nicht an den alten Zeiten. Nicht an den alten Dingen. Ich bin auf der Suche. Vielleicht werde ich immer eine Suchende sein. Zwischen vertraut und fremd. Zwischen alt und neu. Zwischen Vergangenheit und Zukunft. Werde ich jemals ankommen?'

Sie schaut sich in der Wohnung um. Was sind schon diese Gegenstände? Man kann sie sowieso nicht mitnehmen. Mitnehmen in diese andere Welt. Diese andere Welt, an die sie manchmal denken muss…
Da ist diese große Traurigkeit. Diese große Frage: Was hält mich? Was wird werden? Wie geht es weiter für mich? Ich bin so müde… Loslassen, was mich festhält.
Fast schon eine philosophische Frage.

Da plötzlich ist jemand an der Tür. Es klingelt. Wer kann das wohl sein? Mats hat doch Schlüssel. Oder will er mich nicht überraschen? Will er, dass ich mich innerlich vorbereite? Langsam geht Felicitas zur Tür. Wird Mats zurückkommen? Für immer? Wird sie bleiben? Gehen wir noch den gleichen Weg? Oder gehen wir auf anderen Wegen? All diese Gedanken schwirren durch ihren Kopf, während sie ganz vorsichtig die Wohnungstür öffnet.

Es ist Mats. Irgendwie ist er nah und doch fern!

Die beiden umarmen sich innig und fest. So als wollten sie festhalten, was verloren gegangen ist. So, als wäre es ein letztes Mal.

„Möchtest du einen heißen Tee trinken?", wagt Felicitas einen ersten Vorstoß. „Du bist doch sicher müde nach dem langen Flug? Und dann der Jetlag und das vollkommen andere Klima in Afrika! Ruh' dich erst einmal aus. Wir müssen beide erst einmal hier ankommen, denn auch ich bin erst vor zwei Stunden in Bonn angekommen."

„Ja, ein Tee wäre schön", entgegnet der aus einer anderen Welt Kommende mit zittriger Stimme.

„Für mich ist es wichtig, dir zu sagen, dass alles in unserem Leben so wie es war, richtig war. Dass du mir Julie geschenkt hast, war für mich das schönste Erlebnis in unserem gemeinsamen Leben. Ich möchte, dass du dies weißt."

Sie sitzen noch ein Weilchen bei Kerzenschein und denken nach. Dann bricht die Nacht für sie herein.
Morgen ist ein neuer Tag.

Die drei Zurückgebliebenen

Als Alessandro von Emden nach Greetsiel zurückkehrt, ist er sehr, sehr traurig. Er weiß nicht, wie Felicitas sich entscheiden wird. Er hat zwar eine große Hoffnung, dass sie zu ihm zurückkehrt, doch da sind mehr als 25 gemeinsame Jahre, die sie mit ihrem Mann Mats verbracht hat. Und gemeinsam mit Felicitas' und Alessandros Tochter Julie. Das verbindet. Wie stark ist dieses Band? Auf der Rückfahrt im Bus über das flache, weite Land macht er sich so seine Gedanken:

‚Warum hat sie damals 1989 in dem halbdunklen Hotelzimmer in Berlin nicht NEIN gesagt? Sollte alles so kommen? Warum hat er nie erfahren, dass er eine Tochter hat? Oder wusste Fee selbst

nicht, dass Julie seine Tochter ist, das Ergebnis jener denkwürdigen Nacht am Brandenburger Tor in Berlin?'
Fragen ohne Antworten. Aber muss man im Leben auf alle Fragen Antworten finden? Vielleicht sollte man manches einfach so stehen lassen, einfach annehmen, wie es ist. Und für Alessandro ist es schön, so wie es ist. Wenn seine Hoffnung erfüllt wird und Felicitas bald zurückkommt, dann bedeutet es das größte Glück für ihn.

Auch Julie fühlt sich sehr wohl. Merkwürdig, dass sie nun einen zweiten Vater hat. Aber ihr Vater Mats wird immer ihr Vater bleiben. Hat er sie doch mit viel Liebe und Geduld in ihr Leben geführt. Immer in guten und schlechten Zeiten wusste er Antworten auf ihre großen und kleinen Probleme. Immer war er da.

Doch Alessandro wusste nicht, dass er eine Tochter hat. Und nun hat er das größte getan, was man für einen anderen Menschen tun kann. Als sie in großer Gefahr war, hat er ihr sein Blut geschenkt — fast das Wichtigste, was er hat. Damit hat er ihr spontan gezeigt, dass er sie als Tochter annimmt. Dass er sie liebt, ohne sie zu kennen. Das schönste Geschenk, das er ihr machen konnte.
Nun hat sie eben zwei Väter!
Am Abend, als Felicitas nach Bonn abgefahren ist, sitzen sie alle drei — Julie, Henrik und Alessandro — gemeinsam im Wohnzimmer des *Skipper Asterix* und denken an die schönen gemeinsamen Tage zurück. Und über allem schwebt die Frage: ‚Wie wird es weitergehen?'
Dann Stille, Schweigen... Plötzlich unterbricht Alessandro die schon beängstigende Ruhe mit den Worten:
„Ich weiß, was ich morgen machen werde, um mich von meiner Sehnsucht abzulenken. Ich werde mir meine große Kamera schnappen und all die Plätze aufsuchen, wo wir gemeinsam waren, zu viert oder zu zweit. Dann werde ich sie fotografieren und dabei auf das zu der Stimmung passende Licht warten. Dafür werde ich mir Zeit nehmen. Zum Beispiel im Leeger Park habe ich im Sommer gedacht: ‚Verweile ach du Augenblick! Du bist so

schön!' Als Johann Wolfgang von Goethe dies sagte, war der Fotoapparat noch nicht erfunden. Doch heutzutage ist das eine Möglichkeit, den Augenblick festzuhalten. Um dann vielleicht nach einiger Zeit, wenn man das Bild wieder zur Hand nimmt, sich zu erinnern und damit den Augenblick für immer festzuhalten, ihn wieder in die Wirklichkeit zu zaubern. Ob das geht, weiß ich nicht. Vielleicht sind das ja nur Träumereien! Was habt Ihr vor?"
Wie aus einem Munde, antworten Julie und Henrik:
„Wir fahren mal wieder mit Felix auf die Insel! Auf die Insel Norderney. Das muss im Winter ein ganz besonderes Erlebnis sein." —
„Eine schöne Idee! Viel Spaß und Freude wünsche ich Euch!"

Mit einem versteckten Schmunzeln im Gesicht verlässt Alessandro Parole das behagliche Feriendomizil *Skipper Asterix*, um sich in das *Piratennest* nebenan zu begeben. Die beiden jungen Leute schauen sich mit einem Funkeln in den Augen an und rufen:
„Gute Nacht! Buena Notte!"
Kaum hat der Vater von Julie das Wohnzimmer verlassen, umarmt Henrik Julie stürmisch und drängt sie auf das rote Sofa. Wie hatte er sich danach gesehnt! Damals im Sommer am See war ihr Zusammensein so innig, dass er diese Momente nicht mehr vergessen konnte. Noch einmal wollte er sie spüren ganz nah. Und auch Julie hatte oft von diesen zarten und zugleich leidenschaftlichen Augenblicken damals am See geträumt. Nun versanken die beiden Liebenden auf dem roten Sofa.
„Bleibst du heute bei mir, mein Schmusewolf, nur zum Kuscheln?", fragt Julie voller Zärtlichkeit. „Unwahrscheinlich gerne!", antwortet der junge Mann spontan und drückt sie dabei innig.
„Erzähl mir etwas von dir. Ich weiß noch nicht viel. Was macht dein Vater? Siehst du ihn oft?" —
„Das ist eine traurige Geschichte in meinem Leben. Es war mein 8. Geburtstag, als mein Vater nicht nach Hause kam. Vom Büro

aus, das etwa fünfzehn Kilometer entfernt lag, rief er am Nachmittag gegen 16.00 Uhr an, um uns zu sagen, dass er in wenigen Minuten zu Hause sein wird, um noch mit uns gemeinsam meinen Geburtstag zu feiern. Ich freute mich riesig. All meine Freunde und sogar meine kleine Schulfreundin Emma von nebenan waren da, wir hatten gespielt und gelacht, viele Muffins und Kinderschokolade genascht und leckeren Kakao oder Apfelschorle getrunken. Für mein Glück an diesem Tag fehlte nur noch mein Vater.

Ich sehnte ihn heftig herbei. Da klingelte es plötzlich an der Tür. Mein Vater konnte es nicht sein, denn er hatte ja seinen Hausschlüssel dabei. Als meine Mutter die Haustür öffnete und zwei Polizeibeamte dort standen, war sie total erschüttert. Mit versteinertem Gesicht hörte sie die schreckliche Nachricht.

Mein Vater war auf dem Heimweg, als ihm plötzlich ein junger Fahrer mit überhöhter Geschwindigkeit entgegenraste. Obwohl der junge Mann das Auto meines Vaters bemerkte, bremste er nicht, sondern raste mit voller Wucht darauf zu und prallte mit 200 km/h dagegen. Die Welt muss in diesem Augenblick stillgestanden haben. Rettungswagen, Polizei, Feuerwehr. Doch alles war zu spät. Mein Vater starb noch am Unfallort. In den Armen eines fremden Menschen. Auf dem Rücksitz das Geschenk für mich: eine besonders schöne Ausgabe des Buches „Der kleine Prinz" von Antoine de Saint Exupéry mit wunderschönen Bildern und einer persönlichen Widmung für mich, die lautete: „Für Dich, meinen kleinen Prinzen und über alles geliebten Sohn". Als ich dies sah, konnte ich meine Tränen nicht mehr zurückhalten. Meine Mutter nahm mich in die Arme und gemeinsam weinten wir vor den Augen der Polizisten. Das war uns egal...

Es folgte eine schwierige Zeit. In der Schule konnte ich mich nicht mehr konzentrieren und meine Leistungen ließen nach. Meine Freunde wollte ich nicht mehr sehen. Selbst die kleine lustige Emma von nebenan fand keinen Zugang mehr zu mir. Dann ir-

gendwann sollte sich alles ändern. Meine Mutti zeigte mir wunderschöne Bilder, lustige, aber auch traurige von Kindern mit ihren Eltern aus anderen Ländern. Dann erklärte sie folgendes:
‚Das sind Fotos, die ein bekannter italienischer Fotograf auf seinen Reisen in fremde Länder für die Zeitung gemacht hat, bei der ich arbeite. Wenn du möchtest, kann ich ihn einmal einladen, und Alessandro — so heißt der Fotograf — kann uns seine Bilder persönlich zeigen und davon erzählen. Was meinst du, Henrik?'
Da mich seine Bilder tief berührten, stimmte ich zu. Denn da gab es insbesondere ein Bild, auf dem ein etwa 8jähriger Junge die Hand nach einem Stück Brot ausstreckte. Der Hunger war ihm förmlich ins Gesicht geschrieben und er schien noch unglücklicher als ich zu sein. Denn er hatte keine Eltern mehr. Von da an ging es mir besser. Alessandro besuchte uns öfters, und da war plötzlich jemand außer meiner Mutter, der mir zuhörte, der mir die Welt erklärte. Jemand, der wunderschöne Fotos machte. Das waren die ersten Begegnungen mit Alessandro. Er wurde der Freund meiner Mutter und für mich so etwas wie ein Vater.

Als Alessandro und meine Mutter sich nach etwa vier Jahren trennten, kümmerte er sich weiter um mich, eben wie ein Vater. Er hat mich in schulischen Dingen und bei der Wahl meines Studiums beraten. Und wie du ja weißt, waren wir jetzt mit dem roten Segelboot in Irland. Und dann haben wir Euch getroffen. Und ich bin so glücklich. Das sollte wohl alles so sein! Du bist die Liebe meines Lebens, Julie!"

„Schön, dass du mir das erzählt hast. Jetzt weiß ich etwas mehr von dir, von deinem Leben. Schön, dass du mich hast teilhaben lassen. Auch an deinem Leid und Kummer. Ich mag auch keine Autos, weil sie Krach machen und die Luft für Mensch und Tier verpesten. Und damit auch Ursache für viele Krankheiten, wie Krebs und COPD, die schwere Lungenkrankheit, sind. Und nicht zuletzt die Ursache für Rückenschmerzen, Arthrose und vieles mehr, weil sich die meisten Menschen kaum noch bewegen.

Aber dass du nicht gerne Auto fährst, ist nachvollziehbar. Hast du doch deinen geliebten Vater durch einen grausamen Autounfall verloren. Ja, ein Auto kann so zum Mordinstrument werden...", nachdenklich und traurig schaut Julie ihren Freund Henrik an.

Irgendwann gehen sie schlafen und kuscheln sich wie zwei Löffelchen aneinander, bis der Schlaf sie in eine andere Welt holt.

Insel-Feeling

Es ist immer wieder ein besonderes Erlebnis, wenn man die Fähre besteigt, um auf eine Insel zu gelangen. Ganz anders, als wenn man zum Beispiel mit dem Zug über den Hindenburgdamm auf die Insel Sylt fährt. Die Überfahrt mit dem Fährschiff auf die Insel Norderney lässt den Besucher abtauchen. Abtauchen aus seinem alten Leben und eintauchen in ein neues. Das ist, wie allen Ballast abwerfen...
    Norderney — Insel im Wind. Es ist ein besonders kalter Wintertag, an dem Julie und Henrik, eingemummelt in ihre nachtblauen Daunenjacken, auf die Königin der Inseln fahren. Am Hafen angekommen, gelangen sie schnell auf die großartige Strandpromenade. Hier brandet das raue Meer so nah heran, dass man seinen Salzhauch so unmittelbar wie von einem Schiff aus einatmen kann. Ein einmalig schönes Erlebnis. Ganz besonders im Winter! Liebevoll nimmt Henrik die zarte Hand seiner neuen Liebe, und so laufen sie Hand in Hand bald auf der endlos erscheinenden Promenade, bald im Sand direkt am Meer. Ab und zu bückt sich der junge Mann, um eine Muschel oder einen Stein aufzusammeln. Diese

schenkt er dann seiner Liebsten. Was gibt es Originelleres als diese Geschenke aus der Natur? Entstanden aus dem Meer. Wind, Wellen und Sonne haben sie geschaffen. Und vielleicht ein unbekannter Schöpfer, der alles zu lenken scheint... Das ist Kunst! Natura est artis magister = die Natur ist die größte Kunst.

Julie schaut Henrik von der Seite an und fragt sich im Stillen: Ist das Liebe? Und laut sagt sie dann gleichsam gegen den Wind „Ich möchte, dass alles so bleibt, wie es ist. Bist du glücklich, mein Schmusebär?"
Anstatt ihr zu antworten, umarmt Henrik sie innig, sie gleichzeitig mit all seiner Kraft vor dem stürmischen Wind schützend.

„Versprichst du mir etwas?", fragt Julie ganz plötzlich und überraschend.
„Natürlich! Was bedrückt dich?" entgegnet Henrik sorgenvoll.
„Ich möchte, dass wir uns immer die Wahrheit sagen. Dass wir uns nicht belügen. Du musst mir nicht ewige Liebe oder ewige Treue versprechen. Nur ehrliche Antworten. Unsere Liebesgeschichte dauert so lange, wie sie mit Leben und Vertrauen erfüllt ist. Nur Ehrlichkeit ist sehr wichtig für mich!"
Schelmisch reagiert der Jüngling:
„Ich kann auch mit einer Lüge leben, wenn es denn eine Notlüge ist. Was zu definieren wäre!" Und lacht. Das Mädchen lacht ebenfalls. Beide lachen laut und schallend am Meer.
Bis ihr Lachen im Wind verhallt...
So laufen sie weiter am Meer... und laufen und laufen bis zur Weißen Düne. Dort kehren sie ein und essen wieder den gleichen Salat „Gartensalat *Weiße Düne*" mit Kresse und gebratenen Champignons wie damals im Sommer, als sie schon einmal auf dieser Insel so glücklich waren. Wieder und wieder schauen sie sich verliebt an. Julies grünbraune Augen verlieren sich in Henriks blauen Augen. Momente des Glücks. Einmalige Momente, die die beiden nie vergessen werden...♥ Und mit in ihren Alltag nehmen werden. In den Alltag als Studenten mit Vorlesungen, Seminaren,

Hausarbeiten und vielen Klausuren. Aber auch mit verträumten Gedanken an die herrliche Zeit hier, Gedanken an den Liebsten oder die Liebste in der Ferne. Wie wird sich das gestalten? Werden sie einander nicht wieder verlieren? Die Zeit, die Entfernung, andere Freunde, jeder hat sein eigenes Leben. Julie in Münster; Henrik in München.

Irgendwann laufen die beiden Glücklichen dann wieder am Strand entlang Richtung Hafen. Mit der Fähre geht's zurück von Norderney nach Norddeich Mole. Und dann weiter mit dem Bus 617 ins Fischerdorf Greetsiel. Dort vor den skandinavischen Doppelhaushälften in dem Weg Ant Hellinghus 28 werden sie schon sehnsüchtig erwartet. Alessandro steht mit Parson Russell Felix vor dem Feriendomizil *Skipper Asterix*. Beide schauen gespannt und neugierig in die Richtung, aus der die beiden Ausflügler kommen müssen. Plötzlich fängt Felix an, unruhig an der Leine zu ziehen und freudig leise zu fiepen, wie er dies damals als junger Welpe getan hat. Da horcht Julie auf und spitzt gespannt ihre Ohren. ‚Das muss doch Felix, der Glückliche, sein!', denkt sie bei sich voller Freude auf ihn und natürlich auf ihren neu entdeckten Vater! Auch Henriks Freude auf einen gemütlichen Abend zu dritt ist groß.

Freude

Die beiden Daheimgebliebenen zeigen spontan ihre Freude über die Rückkehr: Felix, der Vierbeiner, springt an den jungen Leuten hoch, so hoch er kann und so oft er darf. Alessandro, der Zweibeiner, umarmt die beiden innig; zuerst Julie, seine neu gewonnene Tochter, dann Henrik, seinen Nenn-Sohn. Dann macht er einen Vorschlag:

„Habt Ihr Lust auf frische Kutterschollen? Ich weiß, wo es besonders leckere Filets gibt. Und zwar im kleinen urigen Restaurant *Moin* an der Mühlenstraße vor dem Eingang ins Künstlerviertel Kattrepel. Dort gibt es Schollenfilets auf einem Stövchen mit leckeren Butterkartoffeln und Gartensalat. Was meint Ihr?"

Einstimmig antworten die beiden mit einem deutlichen „Ja!"

Schnell ziehen sie sich um. Beide in Schwarz-Weiß, als hätten sie sich abgesprochen. Julie trägt eine weiße Bluse mit zartrosa Punkten und einen schwarzen längeren Rock, dazu schwarze Lackballerinas. Henrik hat sich für eine schwarze eng geschnittene Jeans und ein weißes langärmliges Polo-Shirt mit einem grünen Krokodil-Emblem entschieden. Dazu trägt der junge Mann schwarze Sneakers.

Fröhlich und gut gelaunt machen sich die drei Greetsiel-Besucher auf den Weg zu dem urgemütlichen Restaurant, von dem sie schon viel gehört haben. Sie haben Glück: vorne an der Fensterecke finden sie noch drei freie Plätze. Sie schauen sich in der guten Stube um. Es mutet an wie in Omas Wohnzimmer. Und dann bestellen sie:

„Dreimal zunächst den Gartensalat. Dann die Kutterschollen-Filets in der Pfanne. Das ist sehr spannend — die Filets bruzzeln vor den Augen der Gäste in der Pfanne. In der Tat, das von Alessandro vorgeschlagene Fischgericht ist unheimlich lecker.

„Eine passende Abrundung unseres Tages auf der Insel!", meint Henrik und gießt Julie noch etwas Wein von dem roten Sommerwein Montepulciano d'Abbruzzo ein.

Da erzählt Alessandro spontan die Geschichte vom *Sommerwein*, die er mit Felicitas erlebt hat:

Es war damals vor 30 Jahren, als er, Alessandro Parole, das deutsche Mädchen Felicitas Winter — so hieß Fee mit Mädchennamen — am Hafen von Noli kennenlernte. Als sie dann eines Abends mit Fees Freundin Franziska und ihrem Italiener in einer kleinen

Hafenbar zusammen Wein tranken, mit Nüssen, Oliven und Chips kredenzt, fragte Fee interessiert:

„Köstlich! Was ist das für ein Wein?" – „Ein Sommerwein!", antwortete Alessandro spontan, da er weder die Marke noch die Weinsorte kannte, sich jedoch auch keine Blöße vor der neu eroberten Liebe geben wollte… Das war an der italienischen Blumenriviera. Es war dann im November 1989, als das Liebespaar für eine Nacht an der Bar eines kleinen Hotels in Berlin zum ersten Mal gemeinsam den Song *„Summerwine"* — *„Sommerwein"* hörte und zu dieser Musik tanzte, innig umschlungen. Dann verloren sie einander wieder bis zu dem famosen Wiedersehen in Greetsiel: völlig unerwartet und überraschend für beide! ♥

Verträumt hört Julie ihrem Vater zu.

Plötzlich erscheint auf dem Display von Julies Smartphone eine Kurznachricht von ihrer Mutter:

„Papa fliegt in fünf Tagen nach Mali. Kannst Du nach Bonn kommen? Er wünscht es sich so sehr, Dich vorher noch einmal zu sehen."

Als Julie dies den anderen beiden mitteilt, schauen sie überrascht und ein wenig traurig:

„Wann wirst Du fahren?" —

„Ich denke, übermorgen. Ich muss meinen Vater noch einmal sehen!" Verständnisvoll nicken Henrik und Alessandro, der neue Vater.

Abschied oder Neubeginn

Zuhause in Bonn ist es sehr ruhig zwischen Felicitas Wolf und ihrem Mann Mats Wolf. Ist das die Ruhe vor dem Sturm? So vergehen die Tage. Die Journalistin arbeitet an ihren Artikeln für die Zeitung. Auf der Baustelle in Mehlem zur Errichtung eines Entlastungskanals für den Mehlemer Bach herrscht Stillstand. Felicitas fährt ab und zu in den Drachensteinpark nach Bonn-Mehlem. Das ist ein trauriger Anblick? Stillstand. Das Rheinhochwasser ist zu hoch, wie es heißt. Er muss auf circa 3 m sinken. Wann wird das sein? Wenig Menschen gehen durch den Park. Keine spielenden Kinder. Nur eine Frau mit einem kleinen Hund ist unterwegs. Ansonsten gähnende Leere. Hoffentlich wird der Drachensteinpark wieder einmal so schön sein, wie er vorher war...

Ihr Mann Mats denkt viel nach, grübelt über seinen Büchern. Bisweilen fährt er zu einer Besprechung in seiner Projektgruppe „Hilfe zur Selbsthilfe" = „Help for Self-Help", wie er bedeutungsvoll sagt. Doch er spricht gar nicht oder wenig darüber...
Wie soll das weitergehen? Fragen über Fragen. Bedrückende Stille.

Dann plötzlich an einen verregneten Nachmittag beim Tee sagt der Mann zu der Frau:
„Ich verlasse dich. Ich überlasse dir alles. Aber ich gehe. Für immer. Nach Afrika. Ich muss meinen eigenen Lebensweg finden und gehen." Felicitas hört traurig und innerlich getroffen zu und erwidert schließlich, um ehrlich zu sein:
„Dass Julie nicht deine leibliche Tochter ist, weißt ja nun nach dem Fahrrad-Unfall in Greetsiel. Bis dahin habe ich das selbst nicht gewusst. Ich wollte dich wegen der Bluttransfusion in Afrika anrufen. Doch da..."
„Dass Julie nicht meine leibliche Tochter ist, das habe ich immer gewusst. Denn ich kann keine Kinder zeugen, wie ich mit 26 Jahren zufällig erfuhr", entgegnet Mats. „Aber, es ist gut so, wie es ist. Unsere Julie wird immer unsere gemeinsame Tochter und meine geliebte Tochter bleiben! Ich bin total glücklich, dass es Julie gibt. Noch einmal möchte ich unsere Tochter Julie sehen. Wann kommt sie hierher?"

Julie kommt nach Hause

Freudestrahlend öffnet Mats Wolf seiner geliebten Tochter die Haustür. Dann umarmen sie einander minutenlang. Mats hat für seine Tochter und seine Frau ein afrikanisches Abendessen vorbereitet. Ein Reisgericht mit Vorspeise und Dessert. Dazu kredenzt er einen köstlichen Rotwein aus Afrika. Auf Bambussets und in bemalten afrikanischen Schalen richtet er das mit viel Liebe zubereitete Gericht her. Bei Kerzenschein und ganz leiser klassischer Musik von Chopin setzen die drei sich an den großen Esstisch aus Holz. Irgendwie herrscht eine feierliche, zugleich traurig-melancholische Stimmung. Hängt über dem Mahl doch wie ein Damokles-Schwert der nahe Abschied des Afrika-Reisenden. Plötzlich bricht es bei Julie unter Tränen hervor:

„Papi, ich bin unendlich traurig, dass du nun bald so fern bist, obwohl du mir immer nah sein wirst. Du sollst wissen, dass du immer mein Vater bleiben wirst, ganz gleich, was auch kommen mag. Darf ich dich einmal in Afrika besuchen?"

„Natürlich, liebste Tochter, ich zeige dir gerne alles, was wir mit unserer Projektgruppe und ganz besonders unter aktiver Mitarbeit des ganzen afrikanischen Dorfes schon geschaffen haben. Es gibt einen Lebensmittelladen, ein Café und ein kleines Restaurant, eine Schneiderwerkstatt, ein Schuhgeschäft mit handgefertigten Schuhen aus Afrika, eine gut bestückte Buchhandlung und schließlich eine Schule für alle Kinder, die wir nach meiner Ankunft offiziell eröffnen werden. Wir haben zwar schon eine kleine Krankenstation mit fünf Betten. Diese möchten wir jedoch auf ein Krankenhaus mit mehreren Abteilungen erweitern. Dies für die gesamte Region in der Umgebung." Da antwortet Julie spontan:

„Das werde ich mir gerne alles anschauen. Vielleicht kann ich euch auch einmal in den Semesterferien 6 Wochen helfen?"

„Das wäre schön. So würde ich dich wiedersehen, und du könntest dir ein Bild von der Arbeit unserer Projektgruppe gemeinsam mit den Dorfbewohnern machen."
Da schaltet sich Felicitas auch ein:
„Mats, du und deine Freunde, ihr habt da wirklich ein heeres Ziel und erfüllt somit eine wichtige sozio-psychologische Aufgabe. Das ist langfristig wirksamer, als es ausschließlich finanzielle Entwicklungshilfe in Afrika seitens der einzelnen europäischen Staaten vermag. So können die Bewohner in ihrem Heimatdorf bleiben, sich eine Existenz schaffen, im besten Fall sogar Waren exportieren. Sie sind nicht gezwungen, aus wirtschaftlichen Gründen ihr Land zu verlassen." —

Irgendwann kommen die drei auf den Bürgerkrieg in Syrien zu sprechen. Mats fragt sich, ob es richtig ist, so viele Menschen in andere Länder, andere Kulturen umzusiedeln. Ist es nicht besser, Schutzzonen in der Nähe ihres Heimatlandes einzurichten? Oder vielleicht sogar im eigenen Land, in Syrien, dort wo keine Kämpfe stattfinden.
Da möchte Felicitas von einem Erlebnis erzählen:
„In diesem Zusammenhang muss ich an eine besondere Begegnung denken, die ich vor einigen Tagen am Rhein hatte. Als ich im Sonnenschein am Rheinufer entlang schlenderte in Richtung Fähre nach Königswinter begegnete mir eine freundliche Dame mit einem grau-schwarzen Zwergschnauzer. Sie selbst sah ihrem Hund ähnlich. Mit ihrem schwarz-grauen Haar, dem hellgrauen Daunenmantel, ihrer schwarzen Hose und dem schwarzen Schal. Wie das so ist, kamen wir ins Gespräch, natürlich wieder einmal über die Hunde. Plötzlich berichtete sie mir, dass sie sich in der letzten Zeit aufgrund der Nachrichten aus dem Kriegsgebiet Syrien an ihre Kindheit in der Kriegs- und Nachkriegszeit erinnert fühlte. Schreckliche Erinnerungen, die sie eigentlich vergessen wollte. Doch nun kam alles wieder hoch. Während des plötzlichen Bombenalarms in Berlin stürmten alle Bewohner des Mietshauses in

den Keller. Ganz schnell musste es gehen, nur mit dem Wichtigsten, was sie hatten.

‚Meine Mutti nahm meinen jüngeren Bruder und mich an die Hand, ergriff einen vorbereiteten Korb mit Obst, Käse, Brot, Wasser und eine Aktentasche mit den wichtigsten Papieren. Später erzählte sie mir, dass ich ganz flink meine zwei Lieblingspuppen in meinen Puppenwagen gelegt habe. Und dann ging's runter in den Keller, um uns vor den Luftangriffen in Sicherheit zu bringen. Das Kuriose war, dass ich als damals 5jähriges Kindergartenkind stolz war, meine Püppchen bei mir zu haben, die dann auch — gleichsam um uns alle aufzuheitern — von den anderen Hausbewohnern bewundert wurden. Dies wohl auch, um den Ernst der Situation zu überspielen. Ich selbst fand das so spannend, dass ich am nächsten Tag fragte: Wann kommt denn wieder mein Alarmchen.'

Aufmerksam hatte ich, Felicitas Wolf, der sympathischen Dame zugehört. All das stimmte mich doch sehr nachdenklich. Die Dame freute sich offensichtlich sehr, dass ich ihr zugehört hatte. Sie erwähnte auch, dass der Syrien-Krieg sie sehr an damals erinnert habe und sie an viele Ereignisse aus ihrer fast vergessenen Vergangenheit denken musste. Plötzlich fragte sie:

‚Darf ich Ihnen noch etwas zum Thema Flucht erzählen?' Als ich mit einem Kopfnicken zustimmte, sprudelte es aus ihr heraus:

‚Wir sind damals innerhalb Deutschlands von einem Ort in den anderen geflohen. Eine Bekannte meiner Mutter ist mit ihrem kleinen Sohn von Bonn nach Frankfurt an der Oder geflohen und später in die Eifel. Frauen mit Kindern wurden oft dorthin geschickte, wo keine Kämpfe stattfanden, damit ihnen und insbesondere den Kindern nichts passiert. Das war gut so, dass sie alle im eigenen Land blieben. So konnten sie nach der Kapitulation im Mai 1945, also nach der Beendigung des Krieges, direkt mit dem Wiederaufbau beginnen. Mit vollem Einsatz!', mutig schaute mich die Frau mit dem Hündchen an. Und ich verstand."

Mats und Julie hören ihr aufmerksam zu. Nachdenklich sitzen sie noch eine Weile beieinander. Und dann umarmen sie sich alle drei innig, bevor sie schlafen gehen.
Am nächsten Tag packt Mats Wolf seinen kleinen Ziehkoffer und eine Reisetasche. Ohne sich noch einmal umzudrehen, verlässt er das Haus, das sie so viele Jahre gemeinsam bewohnt haben.
Ist das ein Abschied für immer? Niemand weiß es.

Auf der Suche

Zurück bleiben zwei Frauen auf der Suche nach ihrem eigenen Lebensweg…
Felicitas erinnert sich daran, dass sie gerne ihre Gedanken aufschreibt. Sie sucht und sucht. Bald findet sie ihr rosa Notizbuch wieder, das ihre ehemalige Kollegin Marietta ihr in ihrem kleinen Buch-Café im romantischen Viertel Kattrepel in Greetsiel geschenkt hatte. Sie beginnt, sich ihren Kummer von der Seele zu schreiben. Das hilft!
Mats ist gegangen. Er ist wohl endgültig gegangen. Weil er glaubt, seinen Lebensweg für die kommenden Jahre gefunden zu haben. Nicht in Bonn bei seiner Familie. Nein, in der Ferne. In einem Hilfsprojekt, das für ihn selbst sehr wichtig ist… Aber für ihre Tochter Julie und für sie ist das sehr, sehr traurig. Hier ihr Eintrag in dem rosa Notizbuch:

Ich bin traurig, weil ich plötzlich einsam bin.
Ich bin traurig, weil der Mann, mit dem ich so viele Jahre verbracht habe, gegangen ist.
Ich bin nicht allein, aber ich bin einsam.
Ich mag diese Situation nicht, weil sie neu für mich ist.
Ich mag keine Entscheidungen.

In einem Eiscafé in Bad Godesberg sitzen Fee und Julie und träumen

Gemeinsam mit Töchterchen Julie hat Felicitas sich mit dem Fahrrad auf den Weg nach Bad Godesberg gemacht. Dies, um sich von ihren trüben Gedanken abzulenken und um unter Menschen zu sein. Das Wetter ist herrlich. Strahlender Sonnenschein. Das ist wohl der erste schöne Frühlingstag. Schnell schlüpft die Journalistin in ihre leichte hellblaue Frühlingssteppjacke, ruft ihre Tochter und schnappt sich die rote Leine mit dem schwarzen Halsband, geschmückt mit wenigen Steinen, und schon steht ihr Parson Russell Felix bereit.

Die Hundeleine ist wie ein Signal für den wilden Jagdhund. Irgendwie mag er seine Leine. Bedeutet sie doch Gassi gehen, auf die Piste laufen, süße Hundemädels treffen, vielleicht in einer Boutique ein Leckerli oder eine zarte Streicheleinheit von der sympathischen Verkäuferin ergattern — all das sind spannende Erlebnisse für einen neugierigen Hund!

Draußen auf der Terrasse des italicnischen Eiscafés mit dem romantischen Namen Capri, unweit vom Theaterplatz gelegen, herrscht reger Betrieb. Fast alle Plätze sind besetzt. Wir warten ein wenig, und schon haben wir Glück. Ein junges Pärchen hat das Eis aufgeschleckt und will weiterziehen. Shoppen, wie es so schön in Neudeutsch heißt. Julie und Fee setzen sich mit einem Gute-Laune-Lächeln als Dankeschön an die beiden Verliebten auf die hübschen Stühle. Felix macht auch direkt „Sitz" und wartet auf seine Kaustange, die er hier immer bekommt als Dankeschön für sein ‚Lieber-Hund-Spielen'.

Schon erscheint ein charmanter, junger Italiener und fragt uns nach unseren Wünschen. Nachdem wir das reichhaltige Eis-, Kuchen-, Waffel- und Cappuccino/Espresso-Angebot studiert haben, entscheiden wir uns für zwei Cappuccino und zwei Tiramisu. Heute dürfen wir sündigen an diesem ersten Frühlingstag. Und weil wir so großen Kummer haben, da unser Mats-Paps ins ferne Afrika gereist ist...
In Gedanken versonnen, beobachten die beiden Frauen das lustige Treiben auf dem Theaterplatz und auf der kleinen Promenade vor dem Eiscafé.

„Wenn Papa schon in die Ferne gefahren ist, dann könnten wir doch in die Nähe reisen, Mamuschka. Was meinst du?", fragt Julie neugierig mit einem verschmitzten Schmunzeln. „Ich wüsste auch, wohin".

„Julie, das ist wieder einmal eine super Idee! Ein Gedanke, den ich gar nicht gewagt hatte, zu Ende zu denken. Ja, wir packen unsere kleinen Koffer, du den roten, ich den blauen und ab geht's an die Nordseeküste nach Greetsiel!"

Mit diesem Gedanken im Kopf geht es den beiden Zurückgebliebenen schon ein wenig besser. Der Name *Capri* des Eiscafés inspiriert Felicitas. Unwillkürlich muss sie an den kleinen italienischen Hafen *Noli* denken, in dem vor Urzeiten ihre geheimnisvolle Liebesgeschichte am Meer begonnen hatte.

Am Hafen von Greetsiel sitzt Fee und träumt

Wieder träumt Fee von damals.
Doch diesmal ist sie unendlich traurig. Im Geheimen hatte sie gehofft, dass ihr Italian Lover Alessandro wieder im *Piratennest*, der

Ferienwohnung neben ihrem Domizil *Skipper Asterix*, wohnt. Doch diese Wohnung ist leer. Gähnende Leere.

Dagegen wusste Julie wohl, dass Henrik nicht im Fischerdorf ist, weil er ihr eine SMS geschickt hatte mit der Mitteilung, dass er wegen seines Studiums wieder in München ist. Julie selbst wollte noch einmal zu dem Schäfer und den Schafen gehen, um durch Beobachtungen Stoff für ihre Hausarbeit: „Menschen und Schafe — eine Vergleichsstudie" zu sammeln. Irgendwann würde sie Henrik schon wiedersehen. Da war sie sich sicher, ziemlich sicher.

Die muntere Möwe Emma steht wieder auf der Mauer am Hafen und schreit, als wolle sie einen Möwerich anlocken. Frühling liegt in der Luft. Am Boden an der Mauer schauen schon die ersten Krokusse aus den winzig kleinen Beeten. Auch die Journalistin hat Frühlingsgefühle, seitdem sie ihren Fuß auf Greetsieler Boden gesetzt hat. Sie möchte die letzten traurigen Tage in Bonn vergessen. Den Abschied von Mats vergessen. Das scheinbar Endgültige daran vergessen. Wer könnte ihr dabei helfen, wenn nicht ihr „Georges Clooney"? Felicitas Wolf nimmt ihr rosa-weißes Smartphone aus ihrer Handtasche, spielt am Display… Doch sie widersteht der Versuchung, ihre Liebe aus vergangenen Tagen anzurufen. Denn sie hatten irgendwann vereinbart, ein Wiedersehen stets dem Zufall, dem Leben zu überlassen. So geht sie denn am Alten Deich entlang an dem weiß-blauen Doppelhaus vorbei bis zu der Kurve am *Hellinghus*. Sie folgt der Abbiegung nach links und hält für einen Augenblick inne, wie sie es immer er an dieser Stelle gemeinsam getan hatten. Diese Weite, diese Unendlichkeit — beruhigend und aufwühlend zugleich. Man riecht das Meer, man ist eins mit der Natur. Wenn es einen Gott gibt, so ist man ihm hier ganz nah…

Dann genießt sie noch einmal den weiten Blick und geht denselben Weg zurück. Immer in der Hoffnung, ihrem Geliebten aus ferner Zeit zu begegnen. Weiter führt sie ihr Weg am Hohen Haus und an der alten Kirche vorbei zu dem kleinen Weg, der in den

Leeger Park führt. Hier waren sie bei ihrem unerwarteten Wiedersehen in Greetsiel besonders glücklich. Hier hatte Alessandro ganz zart ihre Hand genommen und gestreichelt. Eine Geste tiefer Zuneigung. So hatte sie es im letzten Sommer empfunden. Auf derselben Bank wie damals sitzend, schießt ihr ein Gedanke durch den Kopf. Ein Gedanke, der kaum noch in die heutige Zeit passt. Wie wär's, wenn sie, die Julia aus dem italienischen Hafendorf, ihrem Romeo, dem feurigen Italiener, schreibt?

Schnell läuft Felicitas Wolf in das Feriendomizil, holt sich ein weißes Blatt Papier, setzt sich an den Tisch und beginnt zu schreiben:

Liebster Romeo,

lange wollte ich es nicht wahr haben, aber jetzt weiß ich es. Du bist die große Liebe meines Lebens. Mit Dir, nur mit Dir, möchte ich alt werden. Ich gebe zu, der Gedanke, plötzlich mein altes Leben zurückzulassen, schien mir anfangs unmöglich zu sein. Hatte ich mich doch so bequem eingerichtet. In meiner Ehe, meiner Familie, in meinem Job.
  Auch jetzt weiß ich nicht genau, ob ich den Wandel schaffen werde. Aber ich bin guten Mutes. Besonders hier in Greetsiel möchte ich mein Leben weiterführen.
  Wie es sich im Einzelnen gestalten wird, weiß ich noch nicht. Vielleicht können wir gemeinsam eine Lösung, einen Weg finden. Was denkst Du, mein Romeo.
  Du bist meine Sonne in der Nacht. Vor vielen, vielen Jahren war es so, als ich am Boden zerstört nach einer aufwühlenden Liebesgeschichte und einer geplatzten Verlobung in Noli strandete. Dann in Berlin, als wir beide uns am 9. November 1989 gleichsam in einer neuen Welt nach dem Mauerfall wiedertrafen. Und auch in unserem persönlichen, ganz privaten Leben entstand etwas Neues: unsere gemeinsame Tochter Julie. So war es auch, als Du mich in einer weiteren Lebenskrise bei unserem plötzlichen Wiedersehen in Greetsiel aufgefangen hast, ohne es zu wissen.

Auch unsere Zeit auf der Insel Norderney, die enge Verbundenheit mit dem Meer, hat mich getragen, hat uns getragen...

Dafür danke ich Dir, Liebster.

Ich wünsche mir, dass Du jetzt in meiner Nähe bist und dass wir uns bald wiedersehen.

*In Liebe umarme ich Dich
Deine Julia – Fee*

Diesen Brief versteckt die Journalistin in der hintersten Ecke ihres Kalenders in der roten Handtasche. Ob sie ihn jemals ihrem Geliebten geben wird, weiß sie jetzt noch nicht.

Julie geht zu dem Schäfer

Um wieder die Schafe zu beobachten für ihre Studienzwecke macht Julie sich am nächsten Morgen auf den Weg zu den Wiesen, wo der Schäfer meistens seine Herde hintreibt. Nach einem herrlichen, erquickenden Spaziergang durch die Wiesen sieht sie die äsende Herde schon von weitem. Ihr Herz beginnt zu schlagen, beim Anblick des friedvollen Bildes, das sie gerade in der heutigen unruhigen Zeit, die von Terrorakten in Brüssel und anderswo geprägt ist, beruhigt und in eine andere Welt entführt. Doch das ist es nicht allein. Das ist nicht der alte Schäfer, den sie erwartet hatte, dort zu treffen. An der jugendlichen Gestalt und der modernen dunkelblauen Mütze erkennt sie den Sohn des Schäfers: Robin. Warum schlägt ihr Herz höher? Unwillkürlich muss sie daran denken, wie sie anlässlich des Dîner en Blanc im letzten Sommer innig am Hafen von Greetsiel getanzt hatten. Damals hatte sie die Welt um sich herum vergessen, total vergessen...

Warum hütet er jetzt wieder die Schafe? Ist sein Vater, der alte Schäfer, wieder krank? Das wäre sehr traurig. Mit diesen Gedanken nähert die Studentin sich der Wiese, auf der die Schafe weiden. Einige Schafe stehen zusammen, direkt um den jungen Schäfer gruppiert. Andere bilden kleine Grüppchen, zum Beispiel zu dritt. Ein wenig entfernt entdeckt Julie auch zwei, drei Einzelgänger. Schafe, die alleine weiden und neugierig in die Welt blicken, so als würden sie über das Leben sinnieren. Ist das ähnlich wie bei den Menschen? Gibt es in der Schafherde auch Außenseiter? Wenn ja, warum? Das sind alles Gedanken und Beobachtungen für ihre Studie über das Verhalten von Menschen und Schafen.

Robin hat ein Lächeln im Gesicht, als er sie entdeckt. Oder meint sie das nur? Schlägt sein Herz auch ein wenig schneller als sonst?

„Hey", begrüßt sie den flotten Naturburschen. „Wie kommt es, dass du wieder eure Schafe hütest? Wie geht es deinem Vater?"

„Meinem Vater geht es gut. Ich bin hier, weil ich hoffe, dich wiederzusehen!", antwortet Robin mit einem charmanten Zwinkern in den Augen, „Ich hatte nämlich Sehnsucht nach meiner scheuen Sommerliebe. Nach der jungen Frau, die mir bislang nur ein Lächeln schenkte. Und einen wunderschönen Tanz!"

Bei diesen Worten des jungen Schäfers verfärben sich die Wangen der jungen Studentin in ein kräftiges Rosa. Warum das? Eigentlich ist sie doch mit Henrik zusammen. Sie versteht die Welt nicht mehr. Ihre eigene Gefühlswelt schlägt Purzelbäume. Chaos!
Um darüber hinwegzutäuschen, setzt sich Julie schnell neben Robin. Gemeinsam schauen sie auf die Schafe und beobachten die Herde sowie die zwei ungarischen Hirtenhunde, welche die Herde umkreisen, zusammenhalten und beschützen.

„Haben deine Schafe auch Namen?", fragt die junge Dame aus der Stadt neugierig. Voller Freude und Elan antwortet Robin:

„Ja, das ganz weiße Weibchen heißt Emma. Sie ist besonders zutraulich und kommt stets direkt zu mir und bedeutet mir mit einem Nasenstupser, dass ich sie streicheln möge. Neben ihr steht Robin. Das ist der Schafbock mit den schwarzen Ohren. Ich habe ihm meinen Namen gegeben, weil ich finde, dass wir beide Ähnlichkeit miteinander haben. Mein Vater meint das auch. Dann steht dahinten der graue Bock Amadeus, der schon etwas älter ist. Ich habe ihn so getauft nach Amadeus Mozart, weil er sehr musikalisch ist. Immer wenn ich auf meiner Mundharmonika spiele, fängt er an zu tänzeln."

„Das ist ja allerliebst. Führ mir das doch mal vor. Hast du deine Mundharmonika dabei?" Das lässt sich Robin nicht zweimal sagen. Spontan holt er seine silberne Mundharmonika aus der Hosentasche und spielt den alten Schlager „Marina, Marina…" Was passiert. Das Schaf Amadeus fängt an sich rhythmisch im Takt zu bewegen. Julie ist begeistert. Es gibt also musikalische Schafe, so wie es besonders musikalische Menschen gibt.

„Wie heißen die beiden Lämmer dort, die neben Emma stehen?", möchte die Studentin der Psychologie wissen.

„Das sind Josefine und Serafine, die Töchter von Emma, die ich ihrerseits nach der bekannten Greetsieler Möwe ‚Emma' getauft habe. Ich glaube, der Vater ist Robin. Irgendwie haben die beiden Mädchen Ähnlichkeit mit ihrem Papa. Findest du nicht auch?", Robin ist sichtlich begeistert von seinen Schafen, und Julie nickt zustimmend. Es scheint, dass der junge ökologische Landwirt sie mit seiner Faszination angesteckt hat. Liebevoll schaut Robin das Mädchen Julie von der Seite an. Am liebsten möchte er sie drücken. Doch er weiß nicht, ob er es wagen darf. Ist Julie nun mit Henrik zusammen oder nicht? Da wagt er einen anderen Vorstoß:

„Ich habe noch eine Überraschung für dich. Eine ganz besondere Überraschung. Du hattest doch mal im Sommer davon gesprochen, dass du gerne ein Pferd betreuen möchtest, es bürsten, pfle-

gen und streicheln möchtest. Du möchtest es bewegen und vielleicht auch irgendwann reiten... Hast du noch diesen Wunsch?"
Voller Glücksgefühl nickt Julie und kann kaum fassen, dass Robin daran gedacht hat. Robin fährt fort:

„Ich kenne da die Stute Ophelia, ein junges liebes Pferd. Ein Schimmel wunderschön! Du wirst sie mögen. Wenn du möchtest, können wir uns morgen gegen 11.00 Uhr an der Wiese gegenüber dem Kinderspielplatz treffen. Dort äst die Stute und tummelt sich auf der sattgrünen Weide."

Die junge Dame ist begeistert, schlägt die Hände zusammen und sagt aus vollem Halse:

„Super! Einmalig toll! Ich weiß gar nicht, was ich sagen soll. Also, ich bin dabei. Morgen pünktlich um 11.00 Uhr. Ich freue ich mich, Ophelia kennen zu lernen!" Sagt es und läuft davon. Ungebändigt auf den Alten Deich in Richtung Kutterhafen. ♥♥♥

Ophelia

Das wird ein besonderer Tag für Julie! Als sie schon um dreiviertel Elf an der Koppel gegenüber dem Kinderspielplatz ankommt, entdeckt sie schon von weitem den wunderschönen Schimmel. Neben diesem Schimmel stehen zwei weitere Pferde: ein dunkelbraunes und ein mittelbraunes. Letzteres ist wohl ein Haflinger Pferd. Mit dieser Pferderasse hat Julie bereits im letzten Winter neben einem Bio-Hotel in Filzmoos Bekanntschaft gemacht und Freundschaft geschlossen. Eigentlich mag sie alle Pferde.

Schon beim ersten Anblick erobert Ophelia ihr Herz. Da ist auch schon Robin, der sie freudig mit einem superkleinen Küsschen auf die linke Wange begrüßt. Den jungen Mann hat sie auf jeden Fall schon erobert; das spürt sie. Ganz vorsichtig geht die Pferdenärrin auf die Stute zu, damit diese sie ansehen kann und ihren Geruch aufnehmen kann. Pferde haben wunderschöne, große braune Augen! Leise flüstert Julie ihrer neuen Pferdefreundin etwas zu. Ist das wohl ein Geheimnis? Sie fühlt sich als Pferdeflüsterin.

Dann hebt sie vorsichtig ihre Hand und streichelt das Pferd sanft hinter den Ohren. Das scheint Ophelia zu gefallen, denn sie streckt den Kopf ihrer neuen Kameradin entgegen mit einem ganz leisen, freudigen Wiehern.
  „Das machst du ganz toll, Julie!", meint Robin, während er ihr aufmerksam zuschaut, „Ophelia akzeptiert nicht jeden Menschen. Dich mag sie wohl! Ich denke, sie mag dich sehr. Da weiß ich noch jemand, der dich mag…"
Etwas verlegen schaut Robin sie an. Da hat er sich weit nach vorne gewagt.
  Julie könnte fast schwach werden. Diese Mischung zwischen einem forschen und zugleich scheuen jungen Mann ist genau ihr Typ. Wäre da nicht Henrik, mit dem sie sich eng verbunden fühlt, seitdem er sie nach ihrem Fahrradunfall im Krankenhaus und dann in der Ferienwohnung so lieb besucht hat und gleichsam über sie gewacht hat. Dass sich ein junger Mann um sie Sorgen macht, das kannte sie von ihren Bekanntschaften in Bonn nicht. Und auch nicht von ihrem Internet-Freund Don aus Kanada, den sie nur einmal in Paris auf dem Flughafen Orly gesehen hatte. Gefangen in der Zuneigung zu Henrik hatte sie ihn fast vergessen.

Während sie so über Henrik und Robin nachdenkt, streichelt sie Ophelia ganz zärtlich zwischen den Ohren. Sie fühlt sich wohl und geborgen. Vor allem empfindet sie ein tiefes Glück, weil sie die wunderschöne weiße Stute kennengelernt und sich mit ihr vertraut gemacht hat. All das ist eine durchaus gefährliche Atmosphäre. Hinzu kommt noch, dass Henrik weit in der Ferne, nämlich in München, ist. Aber Julie will nicht schwach werden. Sie

liebt Henrik. Da kommt auch schon die entsprechende Frage von Robin:
„Hast du einen Freund?"
„Ja, ich bin mit Henrik zusammen. Und dann habe ich noch meinen Internetfreund Don." Robin sieht sichtlich enttäuscht aus und meint mit einer gewissen Traurigkeit in seinen braunen Augen:
„Dann komme ich wohl zu spät..."
Die beiden jungen Leute bleiben noch eine Weile bei Ophelia.

Dann trennen sie sich. Jeder geht seines Weges. Julie zieht es in den *Skipper Asterix*. Sie möchte ihrer Mutter von dem einzigartigen Erlebnis mit Ophelia erzählen. Sie möchte ihre Begeisterung weitergeben. Davon hatte sie immer geträumt. Ein Pferd kennenzulernen, das sie oft besuchen kann. Das sie pflegen, streicheln und betreuen kann.

Felicitas ist traurig

Die Journalistin ist suchend durch Greetsiel gelaufen auf der Suche nach ihrem Geliebten aus früheren Zeiten. Sie ist unendlich traurig. Ist Alessandro wieder in München? Hat er sie schon vergessen? Verstohlen und vorsichtig hat sie vom Alten Deich aus auf das weiß-blaue Haus unten am Deich geschaut. Mehr traut sie sich nicht. Doch das Haus wirkt unbewohnt, und sie kann niemanden im Haus oder im Garten entdecken.

Plötzlich hat sie Lust auf eine Tasse Ostfriesentee. So einen besonderen Tee, der in einem Kännchen mit der Ostfriesenrose auf einem Stövchen serviert wird und in einer dazu passenden kleinen Tasse ebenfalls mit dem Rosenmotiv kredenzt wird. Vor ihren Augen sieht sie ein Bild, das sie von einer Teezeit in der grünen Mühle in Erinnerung hat. Dort hat sie gemeinsam mit Alessandro einmal eine wunderschöne Teestunde verbracht, die sie immer in Erinnerung behalten wird. Alessandro sagte ihr, dass er sie noch immer liebe und streichelte dabei zärtlich ihre Hand.

So macht sie sich denn auf den Weg zu der pittoresken Zwillingsmühle. Schon von weitem, als sie träumend die Mühlenstraße entlang geht, entdeckt sie die beiden Mühlen, vorne die grüne Mühle, dahinter die rote Mühle. ‚Wenn mein Liebster doch dort wäre, das wäre herrlich!', denkt die Journalistin so bei sich. In diese Gedanken versunken, betritt sie die erste Mühle. Die modernen Tische mit jeweils einer weißen Vase mit einer dunkelroten Rose laden zum Verweilen ein. An der Wand eine große Leinwand, die eine mit einem grünen Stift skizzierte Mühle zeigt. Im Hintergrund leise Musik „La Mer", die sie so sehr mag. An den Tischen sitzen einige Gäste: hier ein Pärchen, da eine einzelne Dame, an einem dritten Tisch wiederum vier junge Leute, die sich unterhalten, lachen und freudig kichern. Für sie ist die Welt in Ordnung!

Das ist hier in Greetsiel das Grundgefühl. In diesem malerischen Bilderbuch-Dorf ohne Hochhäuser, autofrei im Dorfkern und am Hafen. Hier scheint die Zeit still zu stehen. Sie begrüßt dieselbe lächelnde, freundliche Serviererin wie damals, als sie mit ihrem Italiener hier war. Felicitas bestellt ein Kännchen Ostfriesentee mit Kandiszucker und Sahne, so wie die Ostfriesen den Tee trinken, ungerührt. Dazu bestellt sie etwas Teegebäck. Nach einem kleinen Weilchen erscheint die nette Serviererin, diesmal mit einem ganz besonderen Lächeln im Gesicht, mit einem Tablett. Auffallend ist, dass sich die Tasse mit der Rose umgedreht auf der Untertasse befindet. Ebenso auffallend: Auf dem Tablett liegt eine rosa Rose...

Felicitas ist überrascht und weiß nicht, was sie sagen soll. Die Serviererin entfernt sich langsam von ihrem Tisch. Als die Journalistin behutsam und gespannt die Teetasse umdrehen möchte, da erscheint plötzlich und in diesem Moment völlig unerwartet der smarte Italiener, der aussieht wie Georges Clooney. Sie hebt die

Untertasse. Was entdeckt sie da? Eine kleine rosa Schachtel. Ungläubig betrachtet sie die winzige Schachtel von allen Seiten:
„Ist das für mich?", fragt sie Alessandro.
„Ja, das ist für dich. Willst du mit mir kommen? Willst du mit mir durch das Leben gehen? Mit mir lachen, mit mir weinen? Mit mir denken, mit mir träumen?"
Tränen in den Augen. Beide haben Tränen in den Augen, als Fee die Schachtel vorsichtig öffnet. Da entdeckt sie einen wunderschönen Ring in Weißgold mit einem einzigen Brillanten. Fee ist begeistert:
„Wo hast du denn diesen Ring gefunden?" —
„In bella Italia in unserem kleinen Fischerdorf an der Blumenriviera. Dort, wo wir uns das erste Mal begegnet sind. Erinnerst du dich an den jungen Goldschmied neben der Kirche? Nun nach 30 Jahren ist er etwas älter und reifer geworden, seine Werke sind immer noch etwas Besonderes."
Spontan umarmt Julia alias Felicitas ihren Romeo alias Alessandro und gibt ihm einen besonders zärtlichen Kuss auf den Mund.

„Vergessen wir die vergangenen 30 Jahre und fahren wir da fort, wo wir damals aufgehört haben…!", flüstert Romeo seiner Julia ins Ohr. ♥ ♥ ♥

Überraschung

Julie ist zwar sehr glücklich mit ihrer neuen Freundin, der Stute, doch zu ihrem Glück fehlt ihr noch etwas. Es fehlt ihr Henrik, ihr neuer Freund. Wahrscheinlich ist er in München und lernt eifrig für sein Studium. Leider ist München so weit von Münster entfernt, wo sie selbst studiert. Wird ihre Beziehung den Herausforderungen einer Fernbeziehung standhalten? Sie werden sich nur ein bis zweimal im Monat sehen können. Sonst bleibt nur das Telefon, SMS, Facebook etc. oder Briefe schreiben, was auch sehr schön sein kann. Das erscheint ihr wie eine fast vergessene Form der Verbindung zwischen zwei Menschen, die sich lieben. Das kann auch wunderbar und tiefgehend sein…, denkt die junge Studentin so bei sich, während sie wieder einmal, wie schon so oft, am Hafen von Greetsiel sitzt. Auf einer Bank dort, wo die MS Wappen von Norderney abfährt und anlandet. Entweder nach Juist oder Norderney, selten nach Borkum, oder sie geht auf Fischfang. Diese Fahrt ist besonders spektakulär, insbesondere für Kinder.

Stichwort Kinder. Wann und mit wem wird sie einmal Kinder haben? Auf jeden Fall ist es ihr Traum, einmal eine Familie mit einem Mann, den sie liebt, und zwei, drei Kindern zu haben. Ein Hund und vielleicht eine Katze — das wäre wunderbar… Als sie leise „Hund" vor sich hin sagt, stupst ihr Russell Felix sie an, so als hätte er alles verstanden. Ja, hier im romantischen Greetsiel kann man sich in seinen Träumen verlieren. Doch zu einer Bilderbuch-Familie braucht sie erst einmal den richtigen Mann. Ist das Henrik oder Don, mit dem sie per Internet korrespondiert, das jedoch immer seltener. Oder ist es Robin, der Naturbursche?

Just in diesem Moment kommt der Jungschäfer Robin fröhlich pfeifend am Hafen entlang. Im Schlepptau hat er ein kleines, ganz junges Schäfchen, das ihm mit einem leisen „Mäh, mäh" folgt.

„Was machst du denn mit dem kleinen Schaf?", fragt Julie neugierig und ein wenig traurig zugleich.

„Das ist Lisa. Ihre Mama ist leider bei der Geburt gestorben. Nun muss ich sehen, wie ich das Baby mit Milch aufpäpple, pflege und hege. Hoffentlich gelingt es mir. Mein Vater, der erfahrene Schäfer, kann mir sicher mit Rat und Tat zur Seite stehen!", entgegnet Robin.

„Viel Glück! Darf ich die kleine Lisa mal besuchen?", fragt die Studentin vorsichtig.

„Ja, gerne. Ich würde mich freuen! Und Lisa natürlich auch!", sagt Robin vielversprechend und mit einer versteckten Freude. Freude darüber, dass Julie ihn besuchen möchte...

Da plötzlich geschieht etwas, das keiner von ihnen so erwartet oder erahnt hätte. Henrik kommt aus der Richtung Mühlenstraße. Sicher von der Bushaltestelle ‚Schule'. Erstaunt schaut Julie ihm entgegen. Das ist die zweite Überraschung des Tages. Erst trifft sie Robin, dann Henrik! Und an beide jungen Männer hatte sie gerade gedacht. Wie das Leben doch manchmal so spielt...

Robin und das Schäfchen Lisa verabschieden sich mit einem Winken und einem ‚Mäh, Mäh' und ziehen ihres Weges. Henrik schaut ihnen etwas eifersüchtig hinterher. ‚Hatte der Kerl etwa das Glück, schon länger und öfter bei Julie gewesen zu sein?', denkt er so bei sich, lässt sich aber nichts anmerken. Im Gegenteil der junge Mann versucht, seine aufkeimende Eifersucht vor seiner Freundin zu verbergen. Spontan und zärtlich umarmt er seine Liebste. Parson Russell Felix stellt sich zwischen die beiden und freut sich über das kleine Rudel! Bei einem leidenschaftlichen Kuss dort mitten am Hafen reckt sich Julie zu Henrik hoch. „Klack" — ihr rechter Ballerina fällt auf den Boden. Und noch ein sehr, sehr inniger Kuss. Und wieder macht es „Klack" und der zweite Ballerina, der linke, fällt zu Boden. Die jungen Liebenden versinken in ihrem Rausch und vergessen die Welt um sich herum. Sie merken gar nicht, dass einige Leute ihnen schmunzelnd zuschauen...
Und es gibt noch zwei Zuschauer. Auf der Hafenmauer sitzt die bekannte Möwe Emma, die wohl einen Verehrer gefunden hat. Der Möwerich Ubo fliegt eifrig um sie herum und beschwört seine Angebetete wohl mit heißen Liebesschwüren...

Dann auf einmal, gleichsam um die beiden jungen Leute wachzurütteln und aus ihrer Trance zu wecken, klingelt Henriks Handy. ‚Wer ist denn das schon wieder?', fragt er sich im Stillen, ein wenig wütend über die Störung.

„Wo bist du, Henrik? Bist du schon in Greetsiel? Ich freue mich auf dich!" – Das ist Alessandro, gleichsam sein Stiefvater.
„Ja, ich bin hier am Kutterhafen. Aber nicht allein. Ich bringe noch einen lieben Gast mit, wenn's dir recht ist? Gerade habe ich ganz zufällig Julie getroffen." –
„Das ist ja herrlich! Dann erwarte ich, das heißt, erwarten wir euch! Bis gleich."
„Wer ist wir?", fragt Julie mit einem deutlichen Fragezeichen im Gesicht. Henrik schmunzelt vor sich hin, verrät aber nichts. So ziehen die beiden Verliebten auf dem Alten Deich entlang. Aber es geht nicht zum *Piratennest*, wie sonst geschehen, sondern noch ein Stückchen Weg auf dem Deich entlang. Julie ist verwirrt, lässt sich jedoch überraschen. Irgendwann kommen sie vor der Kurve am *Hellinghus* an, dort, wo eine Metalltreppe hinunter auf die Straße Ant Hellinghus führt. Da muss Julie Felix auf den Arm nehmen, denn als Hund mag er keine Metalltreppen. Schnell ist die Treppe überwunden. Dann entdeckt Julie das weiß-blaue Haus, welches ihre Mutter und sie so schön finden. Henrik steuert auf das Haus zu. Was will er denn dort? Jetzt erinnert sich Julie: Alessandro hatte das Haus einmal erwähnt, so ganz nebenbei. Gespannt und ein wenig aufgeregt geht die Studentin gemeinsam mit Henrik und Felix in das niedliche Haus. Alessandro, ihr wahrer Vater, kommt ihr entgegen und umarmt sie behutsam, so wie nur ein Vater seine Tochter umarmen kann, die er erst vor kurzer Zeit gefunden hat.

‚Wer ist wir?', diese Frage stellt sich Julie immer noch im Stillen. Hat Alessandro etwa eine neue Freundin? Wie kann das sein? Ihre Mutter kann es nicht sein, denn sie hat schon lange nichts mehr von ihrem leiblichen Vater gehört. Der gemeinsame Besuch in Greetsiel ist nun schon eine gefühlte Ewigkeit her. Und wie Julie weiß, ist Felicitas in den letzten Tagen einsam in Greetsiel herumgeirrt. Sie wusste ja auch nicht, dass Alessandro in Greetsiel ist, zumal das *Piratennest* leer und verwaist wirkte. Voller Spannung schaut die junge Frau in das Wohnzimmer.

Doch dort entdeckt sie nur ein tolles dunkelblaues Sofa mit zwei passenden Sesseln. Davor einen Couchtisch in Brillant-Weiß. Auf dem Tisch weiß-blaues Teegeschirr mit einer Teekanne auf einem weißen Stövchen. Das Ganze sieht echt Friesisch aus! Und passt prima zum Haus. Auf einem ovalen Gebäckteller entdeckt Julie frisch gebackenen Marmorkuchen und zartes Mandel-Gebäck. Auf so einen frisch gebackenen Marmorkuchen hat sie schon seit Tagen, nein seit Wochen Appetit.

Doch wo sind die Menschen in diesem Haus? Alessandro ist wohl gerade in der Küche. Julie hört seine Stimme und hört, wie er mit Geschirr und Besteck hantiert. Aber da ist noch eine zweite Stimme. Unbekannt? Oder wohl bekannt? – Das ist hier die Frage. Felix, der Neugierige, ist auch schon in die Küche verschwunden und Henrik ebenso. Sie verraten nichts.

„Hast du Besuch, Alessandro?", fragt Julie vorsichtig. Man kann ja nie wissen. Da kommt ihr jemand mit einem verschmitzten Lächeln entgegen. Überraschung. Es ist ihre Mamutschka. Total glücklich. Julie umarmt ihre Mutter ganz lieb, obwohl sie sich vor ein paar Stunden noch gesehen haben. Doch da war Felicitas total unglücklich. Nun flüstert sie ihrer Tochter zu:

„Alessandro zu sehen, das ist für mich wie Frühling nach einem langen Winter. Das ist wie Sonnenschein nach einer Woche voller Regen. Das ist wie ein Neuanfang nach einem traurigen Ende."

Anschließend setzen die vier sich um den gedeckten Couchtisch und genießen bei erquickenden Gesprächen den frisch gebrühten Ostfriesentee mit dem leckeren Gebäck. Julie betrachtet neugierig das schöne Zimmer in dem weiß-blauen Haus. Auch hier ist alles in Weiß in Blau gestaltet. Hellblaue Gardinen schmücken die Fenster passend zu der Sesselecke in Dunkelblau. Dazu der Teetisch in Brillant-Weiß und ein Lowboard ebenfalls in Brillant-Weiß. Auf dem Boden anthrazitgraue Fliesen und an der Wand ein großes Foto vom Greetsieler Hafen, auf Leinwand aufgezogen. Das Foto zeigt einen roten und einen blauen Krabbenkutter, jeweils mit der Aufschrift GRE und einer Zahl – hier 7 und 13 -.

„Das sind die beiden Lieblingsschiffe deiner Mutter, Julie. Deswegen habe ich das Foto vergrößern lassen. Auch ich finde es wunderschön. Natürlich fehlt hier in diesem Haus noch einiges an Bildern und Mobiliar, doch das möchten wir gemeinsam aussuchen. Das muss wachsen", erklärt Alessandro. Hat Julie das richtig gehört: „Wir…"? Da gibt es wohl Pläne, von denen sie als Tochter noch gar nichts weiß… Wie schnell haben sich die beiden dazu entschlossen, obwohl sie sich doch gerade erst wiedergesehen haben? Wie das Leben manchmal so spielt. Auf jeden Fall ist Julie ganz begeistert von dem Häuschen. Laut sagt sie:

„Ich habe auch neue Pläne und Henrik vielleicht auch. Mein Psychologie-Studium ist nach diesem Semester beendet und für meine Doktorarbeit möchte ich an die Universität Bonn gehen. Zu Hause kann ich die Arbeit in aller Ruhe in meiner gewohnten Umgebung schreiben, denke ich." Da meldet sich plötzlich Henrik:

„Und ich habe angedacht, auch nach Bonn zu gehen, um ein Praktikum zu meinem Studium ‚Politische Wissenschaften' beim WDR in Köln zu machen, wenn das klappt. Dann könnten Julie und ich uns öfter sehen und gemeinsam etwas unternehmen. Was denkt Ihr? Was meint Ihr dazu?"
„Das sind ja interessante Wendungen! Julie, ich freue mich, wenn du bei uns in Bonn wohnst. Und wenn ihr euch öfter seht, ist das sicher schön und von Vorteil für die Freundschaft", meint Felicitas.
So diskutieren die vier noch eifrig weiter, bis Julie und Henrik sich verabschieden.

Zwei auf gleichem Weg

Als Fee und ihr smarter Freund wieder alleine sind, fallen sie sich erst einmal in die Arme.
„Es ist so schön, mit dir zusammenzuleben! Es ist wie ein Roman. Nur muss dieser erst noch geschrieben werden!", meint Fee freudig lachend.
„Du wirst dich wundern. Ich habe schon angefangen, diesen Roman zu schreiben...!", entgegnet Alessandro ebenfalls freudig lachend.
Da zieht Felicitas ihren Brief ganz hinten aus ihrer Handtasche mit den Worten:
„Diesen Brief kannst du gerne in deinen Roman aufnehmen. Ich habe ihn dir geschrieben, als ich sehr einsam war."
Alessandro liest den Brief mit großer innerer Freude...

Langsam schiebt der Mann die Frau in ein anderes Zimmer. Sich immer wieder küssend, landen die beiden schließlich auf dem großen italienischen Bett aus Schmiedeeisen. Und vergessen die Welt...
Auf dem Nachttisch steht wie zufällig eine Flasche *Sommerwein* mit einem Glas. Im Hintergrund leise Musik: *Summerwine...*

Am selben Abend schreibt Felicitas in ihr rosa Notizbuch:

Ich mag die Küsse von Alessandro. Ich mag Dich, Alessandro!
Ich freue mich, mit Dir zu leben!

Nachwort

Irgendwann einmal nach einigen Wochen trifft der Juniorschäfer Robin den jungen Syrer wieder im Zug, dem er vor einiger Zeit damals in Begleitung seiner schwangeren Frau im Zug Richtung Münster begegnet war. Die Frau des jungen Syrers hat inzwischen einen Sohn namens Khalid geboren. In einigen Monaten möchte dieser junge Mann, nennen wir ihn Bidjan, nach Syrien zurückkehren. In die antike Stadt Palmyra, um dort beim Aufbau zu helfen. In Deutschland hat er bereits im Rahmen eines Praktikums bei einem Stuckateur als Restaurator gearbeitet. Das Praktikum hat ihm so gut gefallen, dass er in sein Land zurückgehen möchte, sobald dies möglich ist.

Er ist besessen von dem Gedanken beim Wiederaufbau Syriens mitzuhelfen. Seine junge Frau hatte schon in der ersten Woche hier wieder Sehnsucht nach ihrer Heimat, nach ihrer Familie, insbesondere jedoch nach ihrer geliebten Großmutter. Sie hat nur einen Gedanken: ihren Sohn, der in Deutschland nach der Flucht geboren ist, in Syrien aufzuziehen, ihm seine Heimat und seine Familie, seine Wurzeln, zu zeigen. Und ihr Mann möchte seinem Vaterland all das weitergeben, was er hier in Deutschland gelernt hat!

FREIHEIT – DEMOKRATIE – MENSCHENRECHTE – GLEICHBERECHTIGUNG VON MANN UND FRAU!

Hoffentlich herrscht bald **Frieden!**

Weitere Bücher von Marlis E. Hornig
Romantisch — Spannend — Berührend

1. **Familienwolf Astix**
Abenteuer eines Jack Russell Terriers
Astix erzählt uns sein erstes Lebensjahr: Babytage im Bauernhaus, Umzug zu seiner Menschenfamilie im rosa Haus am Park, Welpenschule, Freunde auf zwei und auf vier Beinen, gute und schlechte Erfahrungen und erste Abenteuer. Und die erste Liebe Simba. Mit schönen Fotos und persönlichen Tipps. *„Auf gut 150 liebevoll bebilderten Seiten lässt Marlis E. Hornig Astix, den Lustigen, zu Wort kommen…"*
Bonner General-Anzeiger

2. **Leo und Astix**
Der Junge und der Hund
Ein Junge namens Leo. Ein kleiner Hund, ein Parson Russell Terrier, namens Astix. Zwei Freunde. Er erzählt uns seine spannenden und berührenden Abenteuer mit Leo und anderen Kindern. Und da ist wieder Simba, Astix' erste große Liebe…Kommissar Schnüffelnase Astix und der Junge Leo suchen nach der Wahrheit. 6 Orte: Bonn, Filzmoos in Österreich, Erfurt, Saint Malo in der Bretagne, Paris, Norderney. Schöne Farbfotos. Tipps zu „Kinder und Hunde"! *„Die Autorin will Kindern und Erwachsenen einen natürlichen Umgang mit Hunden und Katzen vermitteln. Dies ist die Geschichte einer wunderbaren Freundschaft."* **Blickpunkt Bonn**

3. **Hunde-Liebe**
Ein Hund, die Natur und das Leben
In Bildern und Worten erzählt Astix, der Parson Russell Terrier, aus seinem Leben. Familie – Freunde und Liebeleien. Sprüche und kleine Gedichte begleiten die Bilder und Texte. Eine Hommage an einen Hund, die Natur und das Leben. Mit zahlreichen Farbfotografien von Hunden, Menschen und Landschaften – am Rhein und am Meer! Hier *„kommt Asterix, ein putziger Parson Russell, ganz groß raus. Der Tatort ist immer wieder Bad Godesberg…"*
Bonner General-Anzeiger

4. Naschkatzen leben länger...
Anja — Eine fantastische Katzengeschichte
Auf der Suche nach der verlorenen Zeit erzählt Katze Anja aus ihrem Katzenalltag. Sie erobert die Herzen ihrer „Katzenmenschen", die mit ihr in einem rosa Haus wohnen. Plötzlich taucht ein naseweiser Streuner auf. Kater Max, ein Vagabund und Filou, ein kleiner Franzose!
„Bei Katzenfreunden klingt eine Saite an, wenn sie Anjas gefühlvoll geschilderte Abenteuer lesen."
Bonner General-Anzeiger

5. Balsamico
Katze Anjas heimliche Liebe
Max ist gegangen. Samtpfote Anja sitzt am Fenster im rosa Haus am Park und träumt. Wird die süße Naschkatze sich noch einmal verlieben? Da taucht Balsamico auf, ein Halbitaliener mit großer Sehnsucht nach Italien. Doch Balsamico hat ein dunkles Geheimnis... Mit schönen Farbfotos. Eine Liebeserklärung an eine Katze!
„Italo-Lover mit Schnurrbarthaaren
Die Übersetzerin und Autorin Marlis Hornig legt eine vergnügliche Katzengeschichte vor. Diese Geschichte ist das zweite literarische Denkmal, das die ‚tierische' Bonner Autorin ihrer im Mai 2004 verstorbenen Katze Anja setzt." **Bonner Rundschau**

6. Verliebt in Greetsiel
Ein Nordsee-Roman
LIEBE, OSTFRIESENTEE, KRABBEN, WEITE UND NORDSEE
Eigentlich wollten die drei Bonnerinnen nach Mallorca fliegen. Doch dann kommt alles anders, als geplant. Sophie, Single, 30 Jahre jung, und Marietta, geschieden, allein erziehende Mutter, 40 Jahre, und Odile, ihre Tochter, 15 Jahre, landen mit Parson Russell Hündin Jani in Greetsiel. Eine Ferienwohnung direkt am Krabbenkutter-Hafen. Eine Bank — zwei Krabbenbrötchen — ein Foto. Spaziergänge durch Greetsiel, ein Tag auf Juist, ein Tag und eine Nacht auf Langeoog, ein paar Stunden auf Norderney, eine Nacht im Heu. Sie verlieben sich in Greetsiel und nicht nur in Greetsiel...
„Der Roman ist eine Liebeserklärung an das romantische Fischerdorf Greetsiel und an die Nordseeinseln mit einer zarten und zugleich leidenschaftlichen Liebesgeschichte."
Bonner General-Anzeiger

„Ein detailverliebter Wellengang in und um die schöne Nordsee.
Wie ein warmer Sommermorgen bis zum furiosen Endpunkt!"
Eine Leserin

Mehr zu den Büchern der Autorin:

www.marlishornig.beepworld.de — Autorenwebseite
facebook: Herzbücher-Heart Books-Shop

Webseite der Ferienwohnung *Skipper Asterix* in Greetsiel

www.skipperasterix.beepworld.de
facebook: ferienwohnung-greetsiel Skipper Asterix

Die Autorin

Nach dem Abitur in Berlin studierte Marlis E. Hornig Französisch und Spanisch an der Johannes Gutenberg-Universität zu Mainz, Fachbereich Moderne Sprachen in Germersheim.
Im Studium und im Beruf entdeckte Marlis E. Hornig, Diplom-Dolmetscherin/Übersetzerin und Autorin, ihre Liebe zur Sprache. Lesen — Schreiben — Malen — ihre Leidenschaften.

Die Autorin ist verheiratet und hat einen Sohn. Sie fährt gerne mit ihrem Mann und ihrem Parson Russell Terrier Asterix an die Nord- und Ostsee.

Zum Buch

Dieser Roman spielt in einem romantischen Fischer- und Künstlerdorf und auf der „Königin der Nordseeinseln", wo mein Mann und ich immer wieder gerne mit unserem verspielten Parson Russell Terrier Asterix hinfahren, um abzutauchen.

Liebe Leserinnen und liebe Leser,

lassen auch Sie sich verzaubern und an Plätze entführen, die es wirklich gibt oder an solche, die meiner Phantasie entsprungen sind.

Genießen Sie diesen literarischen Rundgang durch das malerische Fischerdorf und über die traumhafte Nordseeinsel.

Eintauchen — Abtauchen

Was ich noch sagen wollte...

Wenn Ihr einmal durch das pittoreske Fischer- und Künstlerdorf Greetsiel streift, werdet Ihr sicher das weiß-blaue Haus am Alten Deich und das Ferien-Domizil SKIPPER ASTERIX, Ant Hellinghus 28, entdecken... Das sind gleichsam die Tatorte dieses Romans...